今天月亮暫時停止轉動

Time Loop with the Moon

每一個到達不了的明天，
都是為了讓我在今天，喜歡上你。

Misa——著

楔子

天空漆黑得宛如有誰打翻了黑色顏料，在這個沒有星星的夜晚，高掛在空中的滿月卻大得離奇。他站在月光之下，就像月之國來的王子般，整個人顯得有些虛幻不真實。

「葉晨……」我叫了他的名字，正如以往喊過的千百次一樣，「葉晨！」我聲嘶力竭地呼喚，淚流滿面。

他苦笑著對我搖搖頭，制止了我的靠近。

「這不是唯一的選擇！」我摀著自己的心口，「我怎麼樣都沒有關係！」

「這樣太不公平了。」他作勢要跳到另一張長椅上，但我驚呼，於是他停下動作，「已經發生的事情不會改變。」

「可以改變的！你不就改變了許多人的過去嗎？」

葉晨聳聳肩，注視著因痛苦而跪下的我。

他說了幾句話，我沒來得及聽清，可是我明白無論我說了什麼，都無法改變他的決定。

他轉過身背對著我，抬頭望向空中的月亮，那色澤銀白中帶點暗紅，偶爾又轉爲青藍，從我的角度看去，巨大的滿月就襯在他身後，令他整個人彷彿要被吞噬。

爲什麼是他？

「葉晨……」我再次喚他，然而他沒有回頭。

純白的制服上衣在風中飄動，一如我初次見到他時那樣。

他最後的表情是什麼，我並不知道，在他縱身一跳的瞬間，我就暈了過去。

像是死了一般。

第一章

我閉起一邊的眼睛，雙手以食指和拇指做出模擬相機對焦的動作，對準了眼前的男孩。男孩注意到我的動作後露出不悅的神情，我還來不及把手放下，頭就被打了一下。

「白于然！妳在做什麼？」媽媽瞪了我一眼，要我別胡鬧，我無奈地聳肩，再次看向前方剛才的那名男孩。

他穿著醫院提供的病服，面色有些蒼白，手上包裹著石膏，正和他的家人待在交誼廳看電視。

好吧，我確實有點沒禮貌，沒事對著素昧平生的人假裝拍照，更別說對方還是一個受了傷的小弟弟。

但是，在醫院裡面很無聊啊！

我討厭醫院內的味道、討厭白花花的明亮地板、討厭來來去去的病患、討厭這裡的氛圍。

「而且我又不認識他……」我低聲抱怨，又被媽媽瞪了一眼。

她轉回頭皺著眉，繼續和那位關係遠到不能再遠的遠房阿姨聊著千篇一律的話題。

「好幾年了……我懷著這樣的心願多少年了，我是不是該放手了……」阿娟姨哭著，媽媽伸手輕拍她的肩膀。

「我不是一個好媽媽，我爲了自己，自私地延長他的痛苦，不讓他解脫。」阿娟姨悲痛萬分，而我只是在旁邊心不在焉地捲著頭髮。

不是我冷血，只是一模一樣的狀況每隔幾個月就會上演一次。

我和爸媽會千里迢迢來到這間鄉下醫院，探望一位我根本不熟悉的遠房親戚——也就是阿娟姨的兒子，我都叫他小瑋哥哥。他臥病在床多年，僅僅依靠儀器維持生命，已經呈現植物人狀態將近十年了。

這個地方充斥著等死的絕望，充滿了生者的執念，眼前的一切全是我這個年紀不該感受到的殘酷現實。

唉唉，所以我才討厭醫院。

「阿娟呀，妳那個藥別再吃了。」媽媽看向一旁桌上的罐子。

「我哪能不吃啊，我心力交瘁啊。」阿娟姨捶著心口。

我用嘴型對爸爸示意我要去中庭晃晃，他擺擺手要我趕快離開，畢竟不懂得看臉色的我繼續待在這，只會徒增媽媽的怒氣。

來到醫院外，視野頓時開闊起來，感受著周遭的鳥語花香，我深吸一口氣，拿出手機打了電話給我的好友。

「哇，白于然，妳今天不是去探病嗎？怎麼有空打來？」林可筑一接起就這麼說。

「哎唷，別提了，眞的超級無聊，我不知道大老遠來看一個不熟的人做什麼。」我一屁股坐在長椅上。

「不是妳的親戚嗎？都特別去探望了，怎麼說不熟？」林可筑語帶疑惑。

「我之前說過，人家是遠房親戚，遠到可以結婚生小孩都沒問題的那種遠。」

雖然她看不到，我仍是擺擺手。

「這樣幹麼還要去呀！」林可筑在電話那頭怪叫。

「就是說！一年有好幾次都要專程來中部看一個不熟的人，然後聽那個阿娟姨一直講她兒子十年前發生意外，現在變成植物人怎樣怎樣的，我爸媽還得安慰她，實在很煩耶。」

剛開始我當然也曾覺得難過，就像即使是面對陌生人，也會因爲對方的悲慘遭遇而感受到人生的無常。可是這十年來不斷經歷重複的場景，眞的會疲乏。

況且，這麼說雖然相當現實，那畢竟不是我最親近的親人。

「人家也只是希望兒子清醒。」林可筑說得很有同理心，卻打了個哈欠。

「我認爲讓昏迷不醒的人早早離開才是解脫，無論是對阿娟姨還是她兒子而言都一樣。」我下意識聳聳肩。

「反正一年也沒幾次，而且探視完以後，你們家不是會順便去玩？也算小旅行呀。」林可筑凡事總往好的方向想。

「反正我就是不想來醫院，就是不想感受到這邊的死亡氣息啦。」

「死亡氣息，妳這什麼中二說法！」林可筑哈哈大笑，我也跟著笑了。

我現在可是正值花樣年華的十七歲，假日應該要和朋友一起出去玩，或參加社團活動，怎麼會跟家人跑來醫院這種沒生命力的地方呢。

我嘆氣，「不說了，等我回去再一起去看電影吧。」

「好呀，不過我等等就要去看電影了。」她賊賊地笑，在我的咒罵聲中掛斷了電話。

結束通話，我才發現LINE居然有二十幾則未讀訊息，還有幾通爸爸取消的通話要求，一點開都是叫我快回去醫院，準備要離開了。

我趕緊從長椅上跳起來，一路跑回了病房。

「我肚子很痛，拉肚子啦。」面對媽媽的瞪視，我心虛地扯謊，這個瘸腳的理由想當然不會被採信，所幸媽媽也沒打算追究。

「我們會再過來。」媽媽對阿娟姨說，我也跟著朝阿娟姨頷首。

「謝謝你們，連孩子的爸都離去了，只有你們這些年來……」阿娟姨又哽咽起來。

我看向小璋哥哥所在的病床，那裡躺著一個全身插管的成年人，我記得第一次來的時候，他還很年輕。或許是由於長期躺臥營養不良，他的身軀十分瘦弱，皮膚也顯得缺乏光澤。

旁邊還有另一張病床，平時總是拉起簾子，僅聽得到儀器傳來的滴滴聲響，代表著病患的生命猶存。

我討厭醫院，更討厭這家醫院，更特別討厭這家醫院的這層樓。

這家醫院雖然也有一般病患，收治的卻大多是那些……講得好聽點是接受安寧治療，事實上就是等死的人。

每間病房的床上，都有昏迷了不知幾年的患者，不肯放棄希望的家屬依舊每天來打理清潔，並唸報紙新聞給他們聽。

他們一定聽不到的，這都只是生者的執念罷了。

唉，不過如果把這種話說出口，爸媽又要罵我冷血了。

「阿姨再見。」我禮貌地向阿娟姨道別，不曉得爲什麼媽媽更生氣了。

我們走在醫院的長廊上，往電梯的方向去。途中我隨意看向兩旁的病房，有些病患身旁有像阿娟姨那樣哭泣的人，有些身旁的家屬只是在滑手機，有些則是看護在照料，而有些身邊沒有半個人。

唉，世界上不幸的人眞的很多呢。

離開醫院，我終於能夠大口呼吸，踏著輕快的步伐來到停車場，上了汽車後座後，我望著車窗外。

偌大的中庭裡有許多病患與家屬走動著，還有看護推著坐輪椅的患者晒太陽，但更多的是愁眉苦臉的家屬，我甚至看見有人坐在長椅上痛哭。

唉，看了就煩。

來到這醫院，我已經嘆氣了好幾次，幸好總算能離開了。沒想到一駛離院區，坐在副駕的媽媽就冷不防轉過頭罵我：「在醫院不能說再見，妳不知道嗎？」

「我們就眞的會再見啊。」我咕噥著。

「好啦，別吵了。」爸爸老樣子地打圓場。

「妳阿姨她很可憐，兒子剛上大學就因爲車禍意外昏迷，十年過去了，連她老公都放棄了，只有阿姨不離不棄，妳不覺得自己應該要同情阿姨嗎？」說到這裡，媽媽停頓了一下，「我是說，尊敬阿姨。」

「同情」是建立在自己比對方優越的前提下，那是一種上對下的憐憫。

「是，我當然覺得阿姨很了不起。」同時也很傻，「所以我們等等去哪玩？」

「妳眞的是……」媽媽抬手想要揍我，我趕緊往後一縮。

「好了好了，不要吵了。」爸爸再次制止，「我們去吃上次小然想吃的那家下午茶吧。」

「耶！太棒了！」我歡呼，媽媽不禁搖頭，然後把對我的怒氣出在K爸爸的那拳上，「你就是太寵她了。」

車子一路往市區駛去，幸運的是那家餐廳正巧不需要排隊，於是我們度過了愜意的下午茶時光，媽媽的心情也因此好多了。

這趟旅程十分愉快，直到禮拜天回家我才想起明天要小考，只好熬夜念書，導致禮拜一早自習時間就哈欠連連。

「看來週末玩得很開心唷。」林可筑坐到我前方的位子，一邊吃著三明治。

「才不是，是我忘記今天要考試，所以昨天回家後臨時抱佛腳啦。」我再次打了哈欠。

「為什麼要念？不都是考教過的東西？」成績超好的林可筑根本不能理解我這凡人的煩惱，於是我聳聳肩，懶得反駁。

「話說回來，妳知道吳俞凡和程聿璐分手了嗎？」她忽然切換到八卦模式，說出讓我瞪大眼睛的頭條新聞。

「真的假的？為什麼？什麼時候的事？妳禮拜六怎麼沒跟我講！」我驚呼連連。

「不是要念書嗎？」她故意挑起一邊的眉毛。

「這種時候還念什麼書呀！」哪有事情比得上校花校草分手重要！

「嘿嘿，所以說念書一點都不重要吧。」這句話由林可筑來說非常沒說服力，不過這世上就是有不用念書的天才，我也懶得跟她計較了。

「好了啦，別吊我胃口，快說。」我表現出洗耳恭聽的樣子。

林可筑勾起嘴角，煞有介事地左右張望確認有沒有人在偷聽，神神祕祕地壓低聲音，「他們不是從國三就交往到現在嗎？都一起度過了考高中那段最辛苦的時期，很多人都看好他們會一直交往下去，他們也常常出雙入對，結果現在才高二，他們就分手了，這背後的原因究竟是什麼？」

「不要搞神祕，快點講！」我用力打了她一下。

「很痛耶。」她摀著肩膀皺眉，「我只是想營造氣氛。」

「快點，我的耐心要被磨光了。」

「好啦，不過這眞的是祕密，因爲不確定消息眞假，所以……」她聳聳肩，靠過來用近乎氣音的音量說：「聽說吳俞凡喜歡上別人了。」

我內心一驚，「誰說的？」

「我哪知道誰說的。」

「妳從哪聽來的？」

「當然是有可靠的消息來源呀！」

「這聽起來眞實性很低。」我翻了個白眼。

林可筑不容許自己的八卦可信度被質疑，「吼，是吳俞凡親口說的啦。」

「妳又認識吳俞凡了？」

「我不認識吳俞凡，但我認識和吳俞凡是朋友的人呀，據說是吳俞凡自己親口告訴我的線人。」

「妳的線人再加上和吳俞凡是朋友，那不就只有妳的青梅竹馬喬禕？」我一點都不意外。

「噢，講青梅竹馬挺噁心的，請說我們住在同一個社區就好。」

「從小一起玩到長大，不就是青梅竹馬嗎？」我越講，林可筑越是露出作嘔的表情。

「反正他說是吳俞凡自己承認的，眞實性應該很高，雖然喬禕向來是個講話有點誇大的人，所以我也先持保留態度，沒有完全相信。」林可筑努努嘴，「我只有告訴妳，妳別告訴其他人呀。」

「那當然，我又不是大嘴巴。」我沒好氣地回。

「要是他們眞的分手了，很快全校也都會知道吧。」林可筑看好戲般地笑了笑，在打鐘時回到了座位。

下節課的抽考，林可筑果然又是全班最高分，而我運氣好猜對了三題，還有個七十分。

總算鬆了一口氣，下課後我假借要去蹲廁所的名義，來到了空中花園。

通常第一節下課是空中花園人最少的時候，花園後方有個小空間，站在入口處是看不見的。我往那個方向走去，並警覺地回頭注意了一下有沒有別的學生，確定沒人後，才快速跑過去。

有個高眺的男生正站在那裡往樓下望，風吹動他整齊的短髮，俊俏的側臉即便皺著眉頭也好看極了。

聽見我的腳步聲，吳俞凡轉過頭來，眼底流露出了笑意。

「妳今天好快。」他的嗓音低沉，以他的外型來說有些反差，但悅耳無比。

「第一節課考試，改完考卷就在等下課了。」我聳聳肩，站到和他距離三步左右的地方，雙手放在圍牆邊上，也望著下方。

只有我站的位置會被看見，所以等等進來空中花園的人要是發現有人站在這，就不會走到這裡來了。

「啊，就是妳昨天晚上臨時抱佛腳讀的那科呀，那妳考得如何？」

「還可以嘍，馬馬虎虎。」我輕笑一聲，「可筑說了件有趣的事。」

「嗯？」

「她說你，嗯，就是……」我停頓了下，覺得由我開口似乎很怪。如果是眞的呢？如果不是眞的呢？我該有怎樣的反應？

「她說，你之前考試失常了。」猶豫之下，我轉移了話題。

「那是意外，我搞錯考試的範圍。」吳俞凡一笑，側過頭看我，「林可筑就說這種無聊的事？」

「她可是掌握了很多你的情報，畢竟你和她的青梅竹馬喬禕是好朋友。」

「沒想到喬禕會出賣我，眞是重色輕友。」他輕快地回應，接著又說，「不過這件事一點也不有趣呀？沒其他事情嗎？」

我盯著瞇起眼睛的他，不確定他到底希望我講出什麼。難道他分手的事是眞的，而他希望我已經聽說？又或者他只是隨口問問？

「沒有了。」最後我還是選擇搖頭。

「是嗎。」吳俞凡看起來並不相信，不過他只是聳聳肩，嘴角微微上揚，接著站直身子，神情顯得嚴肅，眉宇間又略帶憂愁，「那我有事要說。」

這個瞬間，我忽然緊張起來，口水在喉間難以吞嚥，額頭也微微冒汗。我握緊了手，不安地用指甲戳著掌心，口乾舌燥地問：「什麼事？」

「我和聿璐分手了。」他說得平淡，我聽得心驚。

「所以可筑說的是眞的。」我低喃，「爲什麼？」

「爲什麼？想必妳也從林可筑那聽來了吧。」他聳肩，「或者說，是從喬禕那聽來。」

「你喜歡上別人。」我刷白了臉，「可是……」

「我喜歡上了妳。」他扯出一個無奈的微笑，「我也沒辦法。」

「可是我們……」

「我們不只是朋友吧，那些互動、那些曖昧、那些種種的一切……」吳俞凡停下來，「我明白這對妳來說一定很困擾，我也願意等待。如果妳怕被人說閒話，我可以等到畢業後，只要妳也喜歡我的話。」

吳俞凡過於坦率的發言讓我不知該做何反應，只能愣愣地盯著他的眼睛，像被綁住了一樣動彈不得。

「我下一節是體育課，先回去了。」吳俞凡擺擺手，逕自走出空中花園，在他與我擦身而過的瞬間，我彷彿起了雞皮疙瘩。

一直到他遠去，我都不敢回頭，只是原地蹲下摀著自己的臉，忍不住笑了出來。

我當然也會感到愧疚，可同時我又覺得自己沒什麼好愧疚的，因爲我什麼也沒有做——好吧，這麼說可能不太有說服力，但我和吳俞凡之間確實不曾有過肢體接觸，也沒約會過。

既開心又擔心的矛盾情緒交雜，整理好心情後，我站起身，準備回去上課。好在這段時間並沒有人來空中花園，要是在這種敏感的時間點被人目擊我們獨處，那可就糟糕了。

正當我打算離開時，卻見到了驚人的一幕——有個男同學站在長椅上。我緊張得心跳快了起來，他是什麼時候站在那裡的？他有看見我們嗎？不對，我在進來空中花園前明明確認過沒人，吳俞凡離開的時候一定也沒人，否則他會告訴我。

最有可能的原因是對方剛剛才過來，雖然沒聽見腳步聲這一點很不對勁，可是我只能這麼想。

裝作沒看見他，大方一點就沒問題了，況且我只是在和吳俞凡說話而已，沒什麼大不了。

我心想，昂首闊步地往前方走去，結果那個男同學並沒有理會我的行動，僅是靜靜站在長椅上望著遠方。

離開空中花園前，我又回頭瞧了眼，他還站在那裡，真是奇怪。可惜此時鐘聲響起，我沒時間再去觀察別人，趕緊離開了。

下午，吳俞凡和程聿璐分手的消息果然傳遍了整個校園，所有人都震驚不已。

許多暗戀吳俞凡的女生紛紛認爲機會來了，但有另一派的人則認爲守護CP人人有責，必須讓他們復合才行。

我和林可筑閉緊嘴巴，好在吳俞凡喜歡上別人這一點還沒人知情，否則情況絕對會更亂。

「妳覺得吳俞凡喜歡的人會是誰？」體育課時，林可筑和我坐在司令臺的階梯上，小聲地與我討論這個八卦。

「妳憋了一整天，應該很辛苦吧。」我忍不住笑。

「是呀，畢竟這可不能亂講。一堆人都叫我去問喬褘，吼，我眞的是有苦難言，就連想跟妳討論都不行。」林可筑一臉委屈。

「說不定他沒喜歡上別人，就只是他們兩個感情淡了。」我試圖改變林可筑的想法。

「不可能，喬褘說程聿璐一直苦苦哀求，怎麼樣都不想分手耶！她就是電視劇裡會看到的那種『我什麼都願意改，只求你不要跟我分手！』的類型。」

「那……就是單純吳俞凡對她沒感情了……」我扯扯嘴角，「不一定是他喜歡上別人。」

「不是吧，如果只是單純沒感情，八成會拖一陣子，等到還愛的那方覺得實在太痛苦才會分手。而如果是喜歡上了別人，那可是一秒都沒辦法等，一定會很突然就提分手的。」林可筑的話讓我心頭一驚。

「妳怎麼變成戀愛專家了？」我望著前方的球場，不敢對上她的目光。

「我心裡是有猜測的人選啦。」

我嚇了一跳，轉頭看她。林可筑雙手抵著下巴，看向一旁的教學大樓，壓低聲音說：「一班的趙匀寓。」

「啊？怎麼會猜是她？」

「她跟吳俞凡很常待在一起啊，我上次還看見他們兩個一起在合作社買飲料呢。」

「那是因爲趙匀寓家裡開花店，而吳俞凡他家不是喜宴餐廳嗎？兩家有生意上的合作，才會有交集。」我把吳俞凡曾經向我解釋過的話告訴她。

「妳怎麼這麼清楚？」林可筑瞇起眼睛。

「這又不是什麼祕密，趙匀寓和程聿璐不是很要好？我記得她們還在IG放過合照。」

「那可能是為了降低正宮的戒心，電視劇不是都這樣演的？」林可筑說得煞有介事。

「妳想太多了，趙勻寓可是出了名的喜歡看人談戀愛，她會和他們兩個有往來，一定是因為想看人家放閃。妳這八卦王很不稱職喔！」這番話不必吳俞凡告訴我，有關注他們的人心裡大概都有數，林可筑當然不可能不曉得。

她嘟起嘴，不開心地說：「那些我當然都知道，我只是真的很好奇到底是誰，我想來想去都想不出可能的人選，只好拿趙勻寓開刀了。」

「說不定是喜歡我啊。」我裝作開玩笑地說。

林可筑一愣，接著大笑起來，用力拍著我的背，「不可能！妳和吳俞凡完全不認識，怎麼可能啦！連交集都沒有耶！哈哈哈！」

被她這麼取笑，我頓時放心了，同時也有點落寞。

「妳忘了嗎，我們可是邊緣班級十三班，整個學校都遺忘的存在。」林可筑擰著眉假裝失落，「根本沒什麼人認識我們。」

我們學校雖然不大，但由於建築物格局的關係，就這麼巧我們班被分配到了右側大樓的四樓，這邊只有我們這個班級，導致我們班的學生比較無法和其他班級互動。

不過與世隔絕也有好處，需要專心念書時不會被別班的吵鬧聲影響，而當我們班過於喧鬧時，也不會有隔壁班的老師來抗議，總歸來說，我覺得還不錯。

「哈哈哈，就算他有喜歡的人又怎樣，沒有又怎樣？反正校草分手的事和我們無關啦。」我直接下了結論。

「也是，只是天天念書的生活很無聊，就想八卦一下調劑身心。」林可筑無力地將身子歪向一邊，像個洩了氣的皮球。

忽然間，我的手機震動起來，我偷瞄了一眼，是吳俞凡傳來訊息。確定林可筑已經把注意力轉到自己的手機上後，我才趕緊點開。

「下一節下課，空中花園見。」

「下一節下課通常人很多。」

「老地方，不會有人看見的。」

「你現在走到哪應該都會是焦點。」我笑著送出這句回應。

「在看什麼好笑的東西？」林可筑的聲音讓我嚇了一大跳，迅速滑掉LINE的視窗，點開IG。

「是小狗，妳要不要……」

「等等，妳看這個！」林可筑驀地臉色大變，將手機螢幕轉向我。

「什麼？」

螢幕上是某個人的IG限時動態，背景是空中花園，拍照的角度看起來像站在圍牆上，下方有一排字寫著：沒有你，我也不想活。

我頓時背脊發涼，瞧了一眼帳號，接著和林可筑對上目光。

「程聿璐！」

這則限時動態在極短的時間內被許多人看見，當我們跑到空中花園時，那裡早已擠滿了人，幾個老師正在勸站在圍牆上的程聿璐，還有幾個老師擋在入口處，不讓閒雜人等進入。

「吳俞凡還沒來嗎？」周遭的同學們竊竊私語著，我握緊拳頭，咬著下唇。

程聿璐赤腳站在圍牆上，身軀纖細得彷彿一陣強風就能將她吹落，即便距離不近，我也能聽到她痛苦的哭泣聲，以及老師們的柔聲相勸。

「吳俞凡不要我了，我該怎麼辦……」

「聿璐，妳先冷靜一點，有事我們下來再談。」音樂老師邊說邊企圖靠近些。

「妳瞧妳，一個多漂亮的女孩，怎麼爲了分手這點小事情就要傷害自己呢？太傻了吧！」理化老師這番話一點幫助也沒有，程聿璐哭得更慘了。

「我就只要吳俞凡，就只要他啊！」說完，她的身體大幅擺動了一下，令現場所有人驚呼出聲。

「大家讓開！」一道聲音從我後方傳來，是國文老師邱政翔，他帶著吳俞凡過來了。

我盯著吳俞凡的臉，他也看著我，也許實際上我們對視的時間並不長，我卻感覺已經久到會被林可筑發現異狀，於是率先別開了雙眼。

吳俞凡從我身邊走過，前方的同學們讓出一條路。

「欸，這到底怎麼回事？」林可筑打了本來跟在吳俞凡身後、卻也被老師們擋在這裡的喬褘一下。

「我才想問！程聿璐是一直不想分手沒錯，但誰想得到她會用這種激烈的手段？我真的要嚇死了。」留著五分頭的喬褘咬著手指，臉色十分蒼白。

所有人都屏息凝神看著吳俞凡挺直了背脊，朝程聿璐走去，老師們宛如見到救星一樣，而程聿璐停止了失控，靜靜地凝視著吳俞凡。

「程……」

「她是誰？」

吳俞凡的話被打斷，程聿璐劈頭就問。

在場其他人搞不清楚她在問什麼，不過我和林可筑、喬褘都倒抽一口氣。

我看不到吳俞凡的表情，單就背影來推測，他似乎沒有顯露任何動搖，站姿依舊挺拔。

「沒有什麼她。」

「騙人，一定有、一定有，你曾經那麼愛我，所以你不愛我了我一定能感受到，你愛上別人我也能夠察覺。那個女人是誰？你喜歡上了誰？」程聿璐瘋狂地大喊，這下子所有人都大吃一驚。

「吳俞凡喜歡上別人了？」大家開始熱烈討論，而我抓緊了林可筑的手。

我在害怕，我很害怕。

我怕的是什麼？

怕吳俞凡不承認？怕吳俞凡承認？

怕我被討厭？怕我被憎恨？

我怕他回頭看我，我怕所有人都回頭看我，我很害……咦？

剛才前方人很多，擋住了我的視線，然而此刻因爲吳俞凡稍早才經過，前面人潮稍稍少了些，我這才發現居然有個男同學站在空中花園的長椅上。

他一副饒富興味的樣子待在搖滾區看戲，雙眼直盯著吳俞凡。

「那個人怎麼能在裡面？」

「誰？」林可筑望過去。

「一個學生呀，站在前面那張長椅上。」那個男同學長相清秀，我想起早上曾在空中花園看過他。

「哪邊？」喬韋跟著問。

「程聿璐附近的那張長椅，一個穿制服的男同學。」

「妳不要嚇我，我沒看到人啊！」林可筑抓住喬禕的袖子，「你有看到嗎？」

被林可筑一抓，喬禕也有些緊張，「沒、沒有啊，我也沒看到。」

「怎麼可能！」我轉過頭，卻發現那個男同學不見了。

「我就只是不愛妳了而已，事到如今，拜託不要還這麼無理取鬧好嗎？」吳俞凡回應得冷酷無比，不少人聽了都顯得相當訝異。

「就不怕她跳下去？」

「連騙她一下也不願意。」

「就不愛了是要騙什麼？」

「對啊，動不動就用傷害自己要脅的女人才有問題吧！」

爭論聲越來越大，老師們連忙命令大家安靜，並且開始強制要所有人回教室。

「邱老師，你們班的學生目前在音樂教室等上課，他們可能還不曉得發生什麼事情，但音樂老師正在勸程聿璐，你能先過去……」

趁著老師們說話的時候，我鑽到最前方想看清楚狀況，卻不小心絆到了某個人的腳，頓時往前撲跌。我不禁「哇」地大叫一聲，趕緊伸出手撐地，結果吳俞凡轉頭看了我一眼。

僅僅一秒，說不定不到一秒，他的眉宇間隱隱流露出了擔憂，或許還做出了想過來攙扶我的舉動，我也因爲驚慌而忘記移開目光。

就在這時，程聿璐從圍牆上跳下來，大家又是一陣驚呼，老師們則鬆了一口氣。然而程聿璐迅速朝我的方向走來，先是緊盯著我，又回過頭瞧了眼吳俞凡，隨後視線重新落到我身上。

下一秒，她直接伸手掐住我的脖子，「就是妳嗎！就是妳嗎！就是妳搶走吳俞凡的！」

突如其來的攻擊讓我來不及反應，再加上我還沒從地上爬起，於是整個人就這樣被她壓制在地。

許多人想過來拉開她，可是程聿璐的力氣大得不可思議，她甚至企圖抓傷我的臉。我拚了命用雙手抵擋，吳俞凡也跑來，他環抱住程聿璐的腰，使勁地將她往後拉。

「啊啊，就是她就是她，他們很常在這裡見面喔！」空中花園裡的那個男同學大聲說，使我在一片混亂之際仍擔心地觀察著周遭其他人的神情。

啪！

清脆的巴掌聲響起，整個場面瞬間安靜下來，給了程聿璐一巴掌的吳俞凡微微喘著氣。

程聿璐愣在那裡，顫抖地抬起一隻手撫上被打紅的臉頰，「你、你打我……」

「妳冷靜一點好不好？是要造成大家多少麻煩？」吳俞凡語氣嚴肅，他的眼中帶著怒火，然後轉身攙扶我。

「你果然是爲了她嗎？爲了她才跟我分手？」程聿璐緊皺眉頭，雙眼含淚。

我用力搖頭，動作之大令站在身側的吳俞凡也能意識到。

不要說，吳俞凡，不要！

「都跟妳說了不是，根本沒有這個人的存在，妳到底有什麼問題？」吳俞凡不耐煩地回應。

「欸？明明就是啊！他們兩個很常在這邊聊天，我都有看到！」那個奇怪的男同學跑到了入口處，卻沒有踏進走廊，依舊站在空中花園內對著我們嚷嚷。

「你不要亂說！」我緊張地朝他大喊，這一喊，原本正在笑的他表情一僵。

「對啊，不要亂講！我們和吳俞凡根本不認識，妳這樣隨便弄傷她要怎麼賠？叫妳爸媽來道歉！」林可筑擋在我面前，哭著罵程聿璐。

「是呀，不能因爲自己失戀就不分青紅皀白揍人吧。」身爲林可筑的青梅竹馬，喬禕也理所當然地擋到她的前方。

「就是說，眞的有點太過分了。」

「如果程聿璐是這種個性，那難怪吳俞凡會想分手。」

「我都要嚇死了，女人發起瘋眞的很可怕耶。」

同學們此起彼落的數落令程聿璐回過神來，她顫抖地左右張望，而後抓著自己的頭髮跪下來尖叫，音樂老師連忙過去安撫她。

「好了，你們所有人都給我回教室！」邱政翔老師大喊，其他老師跟著趕人，「林可筑，你們帶她去保健室。」

「我也……」吳俞凡開口，我立刻搖頭，他只好吞下原本想說的話，「對不起，我代替程聿璐向妳道歉。」

「這、這可不行。」林可筑大概是因爲第一次和吳俞凡說話而有些結巴，不過態度仍是非常堅定，「等程聿璐冷靜了，再叫她來找我們道歉，哼。」

我的視線投向吳俞凡後方，那個男同學還站在空中花園入口處。

他顯得訝異非常，在那裡來回踱步，我納悶著他爲什麼不出來，也覺得剛才的情況很詭異。

「可筑，妳有看到那邊的男同學嗎？」我指了指入口，結果他停下腳步，瞪圓了眼睛看我。

「不要嚇我，妳這樣很可怕耶！」林可筑朝我指的方向瞥了一眼，「就說沒有人了。」

要不是眼前的男同學看起來跟一般人沒兩樣，甚至還挺帥氣的，我眞的差點要暈倒了。

「妳怎麼看得見我？」男同學的語調帶著興奮，又流露出狐疑，「等妳傷好了，再過來找我吧。」

他對我揮揮手，站在那裡喊，其他同學依然沒意識到他的存在。

「我會在這等妳！」

第二章

一覺醒來，我的頭還是有點昏，不確定是因爲昨天情緒起伏過大，還是因爲手腕被抓傷，又或者是擔心我和吳俞凡的關係會被發現……不，我想最大的原因應該是——我見鬼了！

那個在空中花園的男生是怎麼回事？明明穿著我們學校的制服，長得也正常，怎麼會是鬼呢！

我捏了一下自己的臉頰，又瞧了眼手腕上的OK繃，確定自己不是在做夢。

手機傳來震動，一大早林可筑就傳訊息問我今天有沒有辦法去學校上課。

我一邊回覆她沒問題，一邊從床上爬起，同時也看見了吳俞凡的訊息。

「妳還好嗎？今天會來學校嗎？」

我同樣回覆他「會」以後，便去浴室刷牙洗臉。

爸媽對於我在學校遇到這種事感到非常生氣，同時也再三向我確認眞的跟吳俞凡沒有牽扯，這樣面對程聿璐時才站得住腳。

於是我在他們面前說了謊，聲稱我和吳俞凡完全不認識，只是不巧在那時跌倒，就被誤會了。

因此爸媽今天會和我一起去學校，要程聿璐的家長給個交代。

再度回到房間，我發現吳俞凡又傳來訊息。

「那我們今天可以見面嗎？」

我思索一下後回覆：「我爸媽今天會去學校，我想短時間內我們不要再私下見面比較好。」

他很快已讀，卻沒有回應。

「昨天你有……」訊息輸入到這裡，我又停了下來。要問他有沒有看見空中花園的那個男生嗎？他一定也沒看見的。

我刪掉這行字，換上制服，來到客廳時爸媽都準備好了，他們穿著正式服裝，一臉殺氣騰騰。

「好險她沒抓傷妳的臉，要是毀容了，我一定告死她。」媽媽氣得說了重話，並打量我的手腕，「還會痛嗎？」

「還好。」我聳肩，覺得有些良心不安。

「等一下不要太咄咄逼人，適可而止。」爸爸一邊拉緊領帶一邊叮嚀媽媽，隨後拿起桌上的汽車鑰匙。

「什麼叫不要太咄咄逼人，孩子受傷了難道還要坐下來好好喝茶談？你有必要講得這麼事不關己嗎？」媽媽皺緊眉頭，穿上高跟鞋。

「我哪裡事不關己?我只是要妳好好和對方談而已，況且小然也沒有很嚴重……」

「喔!所以只要沒怎樣，我們就可以沒關係就是了?」

「我不是那個意思……」

又來了，爸爸在嘴上總是贏不過媽媽，倒也不是媽媽有理，只是她說話比較大聲罷了。

「好了好了，不要再吵了，再吵下去我就要遲到了。」我趕緊站到他們兩個中間，就像爸爸平常爲我做的一樣。

有時候看著爸爸媽媽，我會不禁好奇，他們談戀愛時媽媽就這麼強勢嗎?爸爸就這麼百般退讓嗎?

以相愛爲前提締結的婚姻，是在什麼時候轉爲親情的?

都說婚姻是愛情的墳墓，然而兩個毫無血緣關係的人能夠在一起生活一輩子，不就是一種愛情了嗎?

或許親情，其實是愛情的昇華。

算了，我再怎麼想也不會有答案，或許等到很久很久以後，當我也和一個人一起生活了許多年之後，就會明白了吧。

我坐在後座望著車窗外，爸媽正討論著等等要怎麼見招拆招，而當車子抵達學校附近時，我抬頭往空中花園的方向望去。

在這裡只能隱約瞧見花園的一角，不知是不是我的錯覺，總感覺那個男同學就站在那等我，怪可怕的。

「媽，我忘記說要先去廟裡拜拜拿平安符了。」驅邪才是第一優先啊。

「防小人確實很重要，還是妳今年沒安太歲？」媽媽答得十分自然。

「有啦，妳忘記初一我們就都去安了？」爸爸也開口。

「我覺得我在學校的空中花園見鬼了。」以防萬一，我還是把這個遭遇告訴他們。

「學校裡本來就會有鬼，可是人比鬼還要可怕。對了，那個抓妳的同學叫什麼名字？」結果媽媽居然是這樣的反應。

「程利律？程利露？」爸爸根本不記得對方的名字。

「是程聿璐。」我靠到椅背上，看來繼續跟他們講下去也沒用，今天下課後再找林可筑一起去媽祖廟拜一下好了。

停好車後，爸媽換上嚴肅的神情，與我一同前往導師辦公室。昨天發生的事非同小可，一路上我們引來了許多同學的側目。

「是那個昨天被攻擊的女生耶。」

「她是哪一班的？怎麼沒什麼印象？」

「十三班的啦，就是那個被遺忘的班級，那是他們班的班長啊。」

「對耶，我們班的班長有說過……」

我很想遮住自己的臉，身爲邊緣班級的邊緣班長，這下子弄得全校都認識了。

不過我明白自己必須抬頭挺胸，所以我裝作什麼都沒聽見，跟在爸媽身後。

班導和校長以及教務主任急急忙忙從走廊另一頭跑來，帶著歉意說：「哎呀，我們應該到校門口迎接的，抱歉，這邊請……」

爸媽微微頷首，板著臉進入了一旁的會議室，校長拿著手帕擦汗，而班導跟在我身邊。

除了全校老師每月一次的大型會議，其他會用到會議室的時間就是貴賓來訪的時候，又或者是像現在的狀況，發生了需要請家長到校商議的糾紛時。

「希望校方可以給我們一個合理的交代。」爸爸開門見山地表示，他和媽媽都沒有坐下。

「這眞的十分抱歉，是我們處理不當……」校長陪著笑道歉。

「事情的經過我們都聽于然說了，這是學生間的感情糾葛。要說校方完全沒責任是不可能的，不過嚴格來說，這也不是校方能夠控制的，畢竟無法強制禁止學生談戀愛，是程同學自己情緒管理太差，我們家于然完全是遭受無妄之災。」媽媽說得嚴厲，卻又間接表明不會追究校方的責任，這一招著實厲害。

只是我不免心虛，我並不是眞的全然無辜，即使我沒有和吳俞凡怎麼樣。

「程聿璐同學的家長等等也會來，小孩子有很多地方都還需要學習，只要她眞心悔改，不如就再給她一次機會，大事化小……」教務主任話還沒講完，爸爸便抬起一隻手制止。

「我們會怎麼做，得看他們等等的誠意。」

「……我應該不必在場吧？」我插口，大人們聞言都睜大了眼睛。

「白同學是當事者，程同學也說了想當面道歉。」主任趕緊說。

「不用了，我見到她會覺得害怕。總之都看我爸媽的意思，我只希望直到畢業都不需要跟她再有接觸。」我看向班導，「反正我們班本來也就與世隔絕。」

「于然都這麼說了，那我想就照她的意思吧。」導師幫我說話，而爸媽低聲討論一下後也頷首。

於是我光速離開會議室，我不需要程聿璐的道歉，也不需要她賠償我什麼，只希望這件事情早日落幕，然後快點畢業就好。

「喂。」

呼喚聲傳來，我下意識抬頭往聲音來源看去，結果心跳差點沒停止。

那個神祕的男同學站在空中花園的入口，當我與他對上目光時，他漾開了笑容，「哇，妳還看得見我。」

我立刻別過頭。都忘記從會議室出來後，沿著走廊走會經過空中花園了，我得快點離開。

「別走啊，過來跟我聊聊嘛。」男同學繼續說。

這是鬼的召喚，我不能回應！

「白于然。」天啊，他還知道我的名字？

不對，這聲音是從我的前方傳來，而且非常小聲，所以我往前看去，果不其然是吳俞凡。我倒抽一口氣，下意識地四下張望，深怕被人看見。

「哦哦！你們要聊天嗎？空中花園現在沒人喔。」那位男同學自顧自喊著，「我不是人喔。」

我的媽啊，鬼在跟我介紹自己是鬼！

「你們談完了嗎？」吳俞凡朝我走近，而我聽見一旁的樓梯間傳來說話聲與腳步聲。

「程同學最近情緒比較不穩定，會這樣也是難免，但……」

慘了，要是被目睹我和吳俞凡站在這，那不就是此地無銀三百兩？

「我說了，空中花園現在沒人喔。」男同學朝我一笑，帶著狡猾。

我忍不住嘖了聲。

沒關係，現在是白天，況且還有吳俞凡在，沒事的，沒什麼好怕，被程聿璐撞個正著才叫可怕！

我拉起吳俞凡的手，全速往空中花園的方向逃去，在躲進去的瞬間，程聿璐和她父母與班導從樓梯口出現。

「眞是千鈞一髮呀！」男同學吹了聲口哨。

「我沒聽到他們來了。」吳俞凡將身子往牆邊縮，而那個男同學大剌剌地在入口處來回走動，吳俞凡卻沒看見他。

我豎起食指示意噤聲，也不曉得自己到底是對男同學比，還是對吳俞凡比。

「放心，現在這邊沒有人，而且除了妳以外沒人看得見我，也聽不見我的聲音。」男同學顯得既興奮又困惑，「眞是神奇，我第一次遇到這樣的事。」

我刻意無視他，否則會讓自己看起來很奇怪。

「等他們進了會議室後，我們分開出去。」我壓低聲音說，可是吳俞凡拉住我的手腕。

「妳要相信我對妳的感情。」他的眼神誠摯。

「這……現在不是說這種事情的時候。」我瞥向一旁的男同學，對方聳聳肩。

「我知道妳現在一定很爲難，但我眞的沒想到程聿璐會做出那種極端的行爲……我早就該跟她分手，不該等到妳出現才……」

「吳俞凡，別說了。」我制止他，「至少最近這段時間，我們保持距離吧。」

「……真希望我不是在這樣的情況下跟妳告白。」吳俞凡往後退了一步，「我會一直等著妳。」

說完，吳俞凡便離開了空中花園。

「妳幹麼不答應交往呀？」那個男同學嬉皮笑臉地問。

我望了眼外頭，正要走出去時卻驚見有人，趕緊又躲了起來。

「欸，妳幹麼無視我？」男同學也跟到我身邊，那張好看的臉還故意在我眼前晃呀晃的。

我避免對上他漂亮的褐色眼睛，要是和鬼對到眼，等等靈魂被吸走，或者被附身還是纏上之類的就慘了。

「啊，妳該不會是鬼故事看太多，怕被我纏上吧？」結果這個男同學……嗯，我應該叫他男鬼才對，原來還會讀心。

「放心，我沒辦法離開空中花園，所以也沒辦法跟著妳。」男鬼擺擺手，無奈地笑了笑。

我不能聽信鬼的讒言，畢竟是鬼呀！

不過……沒辦法離開某個地方的話，根據我看過這麼多電影和鬼故事所得來的知識，那不就代表他是地縛靈？

我忍不住將目光投向他的制服，乍看和我們的制服一樣，但仔細一瞧還是有細微的不同，例如襯衫口袋的形狀不太一樣。

「妳終於願意正眼看我啦。」他的聲音突然輕柔得出乎我的意料，我下意識抬眼，對上了那宛如貓科動物的褐色眼珠。

我趕緊想別開視線，他卻迅速地說：「別躲開。」

他伸手要碰觸我，我有點害怕，又忍不住好奇。他碰得到我嗎？

就在他那看似與常人無異的手穿過我的手時，我瞬間寒毛直豎，差點就尖叫起來。

「妳如果現在才要喊有鬼，那也太慢了。」他果然會讀心吧。「我叫做葉晨，妳呢？」

鬼對我自我介紹？我告訴他名字的話，魂魄會不會被帶走？

「我叫趙匀寓。」抱歉了，開花店的同學，名字借一下，反正不是妳本人在這，應該沒關係吧。

「趙匀寓……還眞的沒印象。」葉晨聳聳肩，「話說回來，沒想到妳看得見我，妳什麼時候開始看得見我的？」

「從和你對眼那時候開始。」話一出口，我就有些後悔。我這樣是在跟鬼聊天嗎？雖然我依舊沒說實話，我更早就看得見他了。

然而神奇的是，或許是因爲他看起來和一般人沒有差別，所以我的恐懼正逐漸消退。

我決定接著問：「你待在這邊很久了嗎？」

「對呀，很久了喔。」他聳肩。

「有多久？」我又問。

「非常非常久，妳和吳俞凡在這裡聊天的時候，我大多都在旁邊。」他笑了笑，「這裡眞的是聽八卦的好地方呢。」

「那我怎麼會突然看見你？」我刻意跳過吳俞凡這個話題。

「我怎麼知道。」他聳肩，「妳有想實現的願望嗎？」

「沒有什麼特別的願望。中樂透？」

「有沒有需要回到過去才能實現的願望？」

這問題眞奇怪，「沒有。」

「我想也是，我的記憶中沒有趙勻寓這個名字。」葉晨說了難以理解的話，這時鐘聲響起，「打鐘了，妳該回去上課了。」

「嗯。」我猶豫著要不要向他說拜拜，想想還是算了。當我轉身要離開空中花園時，葉晨在後面喊了我：「趙勻寓！」

「嗯？」我差點沒反應過來，頓了一下才轉頭，卻見到他挺直著身子站在那裡。

「我會一直在這邊，妳有空就過來陪我說話吧？」

他看上去有些哀傷，虛無得彷彿會消失在風中。我舉起一隻手揮了揮，最後還是說了聲：「再見。」

他笑了，也舉起一隻手，接著往後跳到長椅上，在上頭來回走著。

他的背影就像一個普通的同學，只是只有我看得見他。

我猜葉晨大概是我們學校很久以前的學生，可能是自殺或出於其他原因，所以變成地縛靈困在了空中花園。學生時期自殺的話，那大概是情傷或是學業上遇到挫折吧，或是被霸凌。

我不可能去問他：「嘿，葉晨，你是怎麼死的？」

畢竟通常這樣問的下場就是自己也被帶走，所以我會安安分分的。所幸我還可以善用科技的力量，也就是上網尋找相關新聞。

然而搜尋的結果是，什麼都沒有。

要麼是年代久遠無從考證，要麼是被封鎖消息，要麼是我猜錯了，葉晨根本不是自殺，就只是不曉得為什麼待在空中花園。

「我是自殺的喔。」

沒想到在我第三次來找葉晨聊天的時候，他居然自己開口這麼說。

「欸，你不用告訴我。」我跳起來往後退，一路退到空中花園入口，還撞到了正要進來的同學。

「放心啦，我不會把妳當成替死鬼。」他笑得很開心，彷彿十分享受我的反應，「我眞的悶壞了，都沒人可以跟我聊天。」

「一般來說，沒有人會來跟鬼聊天。」我戒備地表示，緩緩走回葉晨旁邊的長椅，經過我身邊的同學們聽見我在自言自語，都瞥了我一眼，好像我是神經病一樣。

「妳可以不用說話，在心裡想我也聽得到。」葉晨眨眼，當鬼眞方便啊。

既然他這麼說，我立刻改成在內心和他對話。

「你說只有我看得到你，可是我沒有陰陽眼，聽說六班的體育股長有陰陽眼，空中花園剛好是他們班負責的外掃區，難道他沒看見你？」

「我雖然是鬼，不過又不太一樣，有陰陽眼的人不太會看到我。」葉晨聳肩，沒有講明白，「回到剛剛的話題，妳不就會來跟我聊天嗎？」

「我只是好奇，好奇你到底知道我和吳俞凡多少事情。」假設他知道一切，然後又有個陰陽眼的同學會來跟他聊天，那我和吳俞凡的事很可能會傳遍全校。

這樣一來，程聿璐之所以針對我就並非無理取鬧，也沒必要向我賠罪了。

是呀，我很自私，連鬼的嘴都想堵。

「只要是在空中花園發生的事，我都知道喔。」葉晨微笑，當他笑起來的時候，那雙漂亮的眼睛宛如在閃閃發光。

「那……」

「所以我也知道，妳和吳俞凡之間什麼都沒有，就只是會聊天而已。」葉晨再次跳上長椅，並無視那些坐在長椅上的同學們，穿過了他們的身體。

「但我確實喜歡吳俞凡，之後他也喜歡上了我。要說我是局外人，那是絕對站不住腳的。」

「是沒錯，感情這種事不就是這樣？你們不過是某次在空中花園相撞，因緣際會聊了幾次天，再來就變成常會約在這裡聊了。只是他喜歡上妳、妳喜歡上他，雖說不可控制，可要是你們沒有頻繁聊天，大概也不會演變成這樣。」葉晨停下來，回頭看我，「不過這樣假設又有什麼意義呢？事實就是你們彼此喜歡了，而吳俞凡和程聿璐分手，結果程聿璐的反應過於激烈罷了。」

既然葉晨會說程聿璐反應激烈，那就表示他不是為了感情的事自殺。

「不是喔。」葉晨一笑。

喔，這種感覺真討厭，雖然他說我在心裡想著要說的話他也能聽到，我才會用這種方式和他對話，然而就連我自己在思考的時候，都會被他聽見心聲，這簡直像裸體被看光光一樣。

「話說有陰陽眼的人看不見我，沒有陰陽眼的人卻看得見我，那是因爲我可以決定要不要讓人看見。」葉晨說，「可是我並沒有決定要讓妳看見我，就連現在，我都在努力要讓妳看不見我，但妳就是看見了，所以我很驚訝。」

「你要怎麼決定讓誰看見你？」我又問，這次他露出讚賞的微笑，彷彿我問對了問題。

「我接下來要講的話，比見鬼還要神奇喔。」葉晨興沖沖地跳回我的面前。

「還有比見鬼更神奇的事？」我瞪大眼睛。

「妳在做什麼？」忽然，有人拍了我的肩膀，我嚇了一跳轉身，是林可筑。

她一臉狐疑，瞧了一眼葉晨的方向，「妳也認識？」

「妳看得到？」我驚呼。

「什麼？不就三班的阿雪嗎。」林可筑朝葉晨的方向伸手——然後穿過葉晨，拍了一下他身後的人，「阿雪，妳怎麼難得在這？」

「啊，可筑呀，我來看書啊。」這時我才注意到葉晨身後有個戴著耳機在看書的女生。

眞糟糕，在我眼中葉晨是一個有實體的人，所以無論他站在哪，我都看不見他身後的人。在其他人看來，我大概就像在對著別人或空氣發呆吧？

「不認識，我只是在發呆。」我扯扯嘴角，向阿雪一笑，又趕緊問林可筑，

「妳怎麼會來？」

「妳一下課就跑得不見人影，我只是來找妳而已。下節是體育課，快走吧。」

「嗯，走吧。」我邊說邊偷瞄正在偷笑的葉晨，心想：「下次再告訴我。」

「那妳要快點來，我不確定妳還能看見我多久。」

不知道爲什麼，葉晨說這句話的時候，顯得有些悲傷。

✦

在前往體育館的路上，我們遇到了吳俞凡和喬禕，我頓了下腳步，而林可筑拉著我朝他們走去，大方地打了招呼：「喂，喬禕！」

「可筑，妳們上體育課嗎？」喬禕開心地回應，一旁的吳俞凡和我則都顯得不太自在。

「對呀，你們也是？」

「臨時調課，也太巧了吧，我們從來沒有一起上課過耶。」喬禕一副對這樣的巧合很滿意的樣子，但我跟吳俞凡站在一起的畫面使經過的同學們都多瞧了幾眼，畢竟我們暫時還是八卦主角。

「不要看了，你們很煩，連講話都不行？」林可筑倒是不怕得罪人，直接對著周遭喊。

「是呀，難道我們青梅竹馬講話也要昭告天下？」喬禕跟著附和。

他們的一搭一唱讓吳俞凡笑了出來，其他同學也自討沒趣地快步走遠了。

「謝謝你們，雙簧唱得不錯。」吳俞凡率先發話，並看了我一眼，「這段時間造成妳不少麻煩，眞對不起。」

「不會啦，別這麼說。」我停頓了下，「程聿璐還好嗎？」

「不好，不過她也只能接受。」吳俞凡說得堅定而冷酷，喬禕聞言聳聳肩，林可筑也是一愣。

「嗯，希望她早日釋懷。」我乾笑。他這番話是在給我信心、給我承諾，可我卻開始覺得沉重。

我是喜歡他沒錯，也曾希望要是他沒有女朋友就好了，然而當願望成眞，我的心中卻產生了矛盾和懷疑。

這眞的是我要的嗎？

體育館很大，所以即便我們班和吳俞凡他們班共用，彼此使用的空間也不會重疊。

「吳俞凡眞是嚇到我了，就算不愛了，都交往了這麼多年，他居然能講得如此不留情面，我要是程聿璐的話也會發瘋吧。」果不其然，林可筑對剛才的事發表了意見。

「每個人對待感情的方式本來就不同，我不予置評。」我努力保持鎮定。

「是沒錯，不過聽他那樣說，我更能肯定他絕對是喜歡上別人了。」

「爲什麼？」

「唯有如此他才能這麼果決啊。」林可筑振振有詞，「之後看吳俞凡接下來和誰交往，就能夠眞相大白了。」

「說不定他接下來交往的對象根本不是他目前喜歡的人啊。」我不禁緊張。

「不，一定會是的。」

「爲什麼？」

「沒有爲什麼，人性呀！」林可筑十分肯定。

我咬著下唇，直到這一瞬間，我才感受到了罪惡感。

✦

「不能見面，好歹也能用訊息聊天吧？」

吳俞凡傳來訊息，我並未點開，僅是盯著螢幕上的通知發楞。

「幹麼不回？」葉晨湊了過來，我想推開他，無奈他沒有實體，我的手掌只是穿過他的臉，他依舊看得津津有味。

於是我關閉螢幕，哼了一聲，心裡想著「不要偷看」。

「拜託，我都聽你們聊過多少次天了，這點訊息算什麼。」葉晨露出不屑一顧的表情，「對了，妳都不好奇他心裡到底在想些什麼嗎？」

「呃……不用好了，無論知道了什麼，對我來說都有點負擔。」

「哈哈哈，妳會感覺有負擔了？」葉晨大笑。

我沒回應，只是想著，我眞的還喜歡吳俞凡嗎？我一開始就喜歡他嗎？如果眞的喜歡，那爲什麼我現在的心情會這麼沉重？

是害怕被大家得知眞相嗎？但是爲什麼要怕，我們之間眞的、眞的沒有怎樣。雖然我們確實常聊天，確實花了時間了解彼此。

自己究竟想要什麼、想要怎樣，我都搞不清楚了。

要是讓我再選擇一次，或許我不會和吳俞凡聊天，而若是不和他聊天的話，那如今他和程聿璐還是能好好交往著，我也就不會產生這種連自己都無法釐清的情緒了。

「妳想回到過去嗎？」葉晨忽然正色，亮起了眼睛，「妳想嗎？」

「什麼？」我下意識直接回應，幸好我站在圍牆邊，周遭沒有其他同學。

葉晨興奮地問我：「妳想回到過去嗎？改變妳和吳俞凡的關係？」

「不，我只是想想而已。」況且回到過去什麼的，也太科幻了吧。

「我可以讓妳回到過去……」葉晨說著，停頓下來，「可是我卻沒有關於妳的記憶……」

「你到底在說什麼？」

「上一次，我說有件事情要告訴妳吧？」葉晨難得嚴肅起來。

「嗯，但如果是會牽涉到我的生命的事，那還是別說——」

葉晨翻了個白眼，「妳到現在還認爲我在找替死鬼？」

「因爲你說你是自殺……」我乾笑。

「我是二〇〇一年五月七日晚上從這裡跳下去的，等我張開眼睛時，就已經是這個模樣站在這裡了。」

呃，怎麼連自殺的時間都跟我說……

「關於我的自殺有很多說法，不過沒有一個是正確的，又沒有一個是錯誤的。」葉晨說的話實在很難懂。

他跳樓的位置是空中花園最隱密的地方，也就是我每次和吳俞凡聊天的位置，這讓我起了雞皮疙瘩。我曾經在他失去生命前最後所在的地方站了這麼久。

「因爲這裡的下方比較少會有人經過，所以直到凌晨警衛巡邏時，我才被發現。我就站在這望著躺在一樓地面的自己被抬走，那種感覺非常奇怪。」說完，他看向空中花園的中央。

「我、我覺得你不要想太多……」還好我有去求護身符，要是等等葉晨失控衝過來，我就要趕快拿護身符丟他。

「就說了我不會傷害妳，內心可以不要亂想嗎。」葉晨沒好氣地說，「妳可以認眞聽我說嗎？」

我一直都很認眞啊……

「算了，我乾脆不要聽妳內心在想什麼了，否則只會生氣。」

「喔……」我覺得有點無辜，反正現在周圍也沒什麼人，於是我忍不住自言自語了一聲。

「我跳下去的那天是農曆十五號，月亮正圓，即使如此，那天的月亮還是大得特別詭異、美得特別魔幻。」

他說，從二〇〇一年開始，他就一直待在這裡，他遇到過很多學生，有些學生看得見他，而能看見他的學生全都來自未來。

「未來？」我聽錯了嗎？

「在我死後兩年，也就是二〇〇三年，有個女生跑來告訴我，她來自二〇二一年，因爲聽了我的話向月亮許願而回到過去，想改變一切。之後，我開始遇見一個個來自未來的人，男女都有，他們都說是在空中花園遇見我的，我告訴他們能夠向月亮許願實現願望，他們依言嘗試後，一覺醒來就回到過去了。」

「等一下，你到底在……」

「舉例來說，我在二〇〇三年遇見了A，她說她來自二〇二一年，回到二〇〇三年是爲了改變過去。二〇〇三年的我得知了這件事，等二〇二一年遇到A的時候，我就會告訴她可以向月亮許願實現願望，因爲我已經和A相遇過了，知道她一定會回到過去。」葉晨認眞地說明，「我所做的一切，都是爲了確保已經發生的事情一定會發生。」

「我的記憶中有A的名字和長相，於是當我遇見A時，就會讓她看見我。然而我的記憶中沒有趙匀寓這個人，也沒有妳的長相，因此照理說妳不會回到過去，也不會向月亮許願。這樣的話，爲什麼妳能看見我？我並沒有想要讓妳看見呀。我一直在思考這個問題，今晚剛好是月圓，不如妳許願看看？」

他的記憶中當然不會有趙匀寓這個人，因爲是假名呀。我不禁鬆了一口氣，還好他現在沒在聽我的內心話。

我不想回到過去改變什麼，誰曉得他說的話是眞是假？況且就算他所言屬實，他也說了，他過去並不曾遇見我，那就表示我不會向月亮許願或穿越到過去。

「好吧，我許願看看。」但我還是敷衍地應下。

「或許妳真的有回到過去，只是沒來空中花園找我，所以我才對妳沒印象。只是一般而言，假如醒來發現自己回到了過去，通常第一個反應都會是先到空中花園找我找我。」

「那些回到過去的人都真的有來這找你？」

「大多數都有。」

哇，這真是太神奇了。

「那我就來許願看看吧！」不曉得許願中樂透可不可以。

「話說，你近二十年來都待在這個地方，難道不會想要……嗯，怎麼說，成佛嗎？」

「一開始我就知道自己至少會待在這裡直到二〇二一年，所以還好。」他扯了下嘴角。

「那你……嗯，離開了以後，校方難道沒找人來……呃，處理嗎？」我說得委婉。照理說不是受祭拜後就會升天嗎？

「有，我就站在旁邊看，不過沒任何感覺。」葉晨聳肩，「對了，假如妳今天真的許願回到了過去，妳能跟過去的我講一聲嗎？」

「你不是說已經發生過的事情都一定會發生？那等我回到過去後，應該不要來找你才是對的吧。」我跟著說起這種像天方夜譚的話。反正鬼都能出現在我面前了，聊穿越時空的話題好像也沒什麼。

「話雖這麼說，可是回到過去不就是爲了改變什麼嗎？」

「是沒錯，所以那些回到過去的人，確實改變了什麼嗎？」

「嗯，下次有機會再聊吧。」葉晨頓了頓，「說不定妳今天就會回去，我還是保留一點神祕感好了，如果妳想知道的話，記得去找過去的我。」

沒想到他會來這招，好吧。

雖然半信半疑，但反正跟月亮許願也沒什麼損失。

「那我們就在過去見吧。」我開玩笑地回應，葉晨欣然接受。

這天夜裡，我望著天空中的滿月，說了句：「就讓我回到過去吧。」

說完，我笑了下。是要回到過去的哪個時候呀？

第三章

葉晨瞪大眼睛盯著我的模樣非常好笑，如果可以眞想幫他拍照。

「妳眞的有許願嗎？」

「當然，昨晚我有許願讓我回到過去喔，可是你看，我現在還在這，你確定眞的能回到過去？」我兩手一攤，表示葉晨說的全是無稽之談。

「我沒騙妳，所有人都在許願的隔天就回到過去了，只有妳不一樣。」葉晨摸著下巴坐到椅子上，「那代表我的記憶沒出錯，妳不會回到過去。這樣的話，妳看見我的原因還眞是個謎。」

「說不定是上天覺得你一個人在這邊遊蕩太可憐，所以派我過來和你聊天。」我說，此時口袋裡的手機傳來震動，是吳俞凡發訊息問我人在哪。我沒點開，又把手機放回口袋裡。

「妳想和吳俞凡切割嗎？」葉晨好奇地探問，我只是聳聳肩。「小氣，爲什麼不告訴我。」

「難道你在這沒聽到其他八卦？」

「沒，意外的很少有人在這邊討論你們的事。」

「謠言不過七七四十九天，結果現在才一個禮拜，大家就忘光了。」

「等你們一交往，那就又會鬧得沸沸揚揚啦。」葉晨一笑，而我愣了愣。

「難道大家眞的都會認爲，吳俞凡下一個交往的對象，就是他現在喜歡上的對象？」

「這是一定的吧。」葉晨看著我，「原來這就是妳遲遲不接受他的原因？怕被別人說話？」

我並未回答。

「既然如此，妳在和吳俞凡深交的時候，就該預想到這樣的後果。他負起了自己的責任和女友提分手，那妳不就該和他交往？」

「我、我當時並不知道……」話還沒說完，我整個人僵住——吳俞凡踏進了空中花園。

他顯然只是想賭賭運氣，看我會不會在這，因爲他先是四下張望了一會，一見到我才直接朝我走來。

注意到空中花園裡的其他同學正盯著他瞧，我原本想閃躲，但我猶豫太久了，在我躲開之前，吳俞凡先抓住了我的手。

這一瞬間，我滿腦子只想逃，後悔的心情徹底壓過了對他的喜歡，我不該由於一時的迷戀而和他有所往來，導致如今進退兩難。

「林可筑暈倒了。」然而吳俞凡的話出乎我的意料。

我立刻跟著他離開，在路上，我問了他原因，林可筑似乎是在和喬禕說話時忽然暈倒，他們趕緊把她帶去保健室，之後吳俞凡就來通知我。

踏進保健室，只見林可筑躺在床上，而喬禕坐在她床邊，臉色不是很好。

「保健室老師呢？她怎麼說？」我驚慌地走到林可筑床邊，她嘴唇發白，所幸氣色還不算太差。

「好像有同學從樓梯上摔下來受傷，所以老師過去看了。老師說詳細原因不清楚，有可能是迷走神經性昏厥，要我先打電話告訴可筑的父母。我怕她醒來時旁邊沒人會害怕，可以幫我顧一下她嗎？」喬禕的聲音有些顫抖。

「當然沒問題，我也是可筑的朋友啊。你快去打電話，我來陪她。」我握住林可筑的手，喬禕點了點頭，離開保健室，頓時這裡只剩下我和吳俞凡。他的手放到我的肩膀上，安慰著我。

「吳俞凡，我想趁這個機會跟你說清楚。」這不是個好時機，卻也是最好的時機。

「嗯？」

他溫柔、帥氣，幽默又風趣，我確實喜歡他。

可是，我從來沒想過我的這份喜歡，會令現在的我如此後悔。

或許我的喜歡沒有強烈到足以抵銷我的罪惡感，或許我的內心深處始終認爲，他不會因爲跟我的小小曖昧就與程聿璐分手，和他私下聊天的感覺既刺激又開心，我只想保持那樣的心情、保持偶爾會小小吃醋、嫉妒、難受這種宛如悲劇女主角的心情，而並非眞的要他和女友分手，和我在一起。

這一刻，我才終於意識到自己是這麼想的。

「我們還是……算了吧。」

「什麼意思？」吳俞凡放在我肩上的手一緊，用力將我的身子轉向他，「難道有人跟妳說了什麼？」

「沒有，沒有人跟我說什麼。」

「那妳爲什麼忽然這樣？如果妳在意別人的閒言閒語，我不是說了可以等妳到畢業嗎？」吳俞凡十分激動。

「不是這個問題，就算等到畢業以後，大家得知我們交往也會想起這一切，然後開始議論當時我還理直氣壯地要程聿璐道歉，結果根本就不是無辜的。」我握緊林可筑的手，「我害怕別人的嘴巴！」

「所以妳就願意放棄我們的感情？」吳俞凡不可置信，「我爲了妳分手，爲了妳也願意等待，爲什麼妳就沒辦法爲了我不去在意別人怎麼說？」

「或許是我沒想清楚，或許我沒那麼想跟你在一起……」我不敢看他的眼睛。

「白于然，妳這麼想多久了？這才是妳躲著我的原因？」

我默不作聲。

「好，我不死纏爛打，既然這是妳的選擇，我尊重。妳這樣玩弄別人的眞心，得到想要的之後卻棄如敝屣，就當作是我看錯人了。」吳俞凡鬆開我的肩膀，他放手得乾脆，一如他放棄對程聿璐的感情一樣，轉身離去。

我緊咬著下唇，但覺得鬆了口氣。

感情這種事不需要回到過去也能處理，雖然無法避免造成傷害，可這不就是我所要承受的嗎？

幸好在沒人知道的情況下，這一切就悄悄落幕了。

我看向林可筑，發現她不知何時張開了眼睛，我立刻靠過去問她：「妳還好嗎？有沒有哪裡不舒服？」

林可筑瞪大了雙眼，緩緩地轉向我，神情帶著些許責備，「所以吳俞凡喜歡的人眞的是妳？」

我倒抽一口氣，「妳都聽到了？」

「白于然，眞的是妳？然後他都爲妳分手了，妳卻不接受他？」林可筑艱難地從床上坐起身，「妳是……破壞了別人的感情後，又不認帳？」

「我……我並不是，我只是沒想清楚……」

「沒想清楚妳就介入別人？」林可筑提高音量，我從沒見過她如此嚴肅的樣子，「而我當下還幫妳說話？」

我鬆開林可筑的手，我和她在這一點上大概不會有共識。她有她的想法，而且已經認定了我這麼做是錯的，那我們也談不下去了。

「妳好好休息吧。」我起身。

「白于然！妳跟我解釋！」

「我不需要跟妳解釋。」我往後退到保健室的門前，此時喬禕正好進來。

「可筑，妳爸媽等一下會來接妳……」說著，他注意到我們之間氣氛怪怪的，「怎麼了嗎？」

「你好好照顧她。」說完，我離開保健室。

或許我最害怕的，不是別人的嘴巴，而是我最要好的朋友，林可筑的眼光。

「妳一直哭是怎麼了？怎麼去個保健室回來就變成這樣？」葉晨在我身旁來回踱步，我沒心思理他，他居然還冷不防從牆壁中鑽出來，嚇了我一大跳。

「如果你要我告訴你空中花園外發生的事，你也得把所有事情告訴我。」我提出條件交換。

「真卑鄙，我什麼都說了呀。」葉晨嘖了聲。

「你在這裡快二十年，怎麼可能幾句話就講完所有事。」我吸了吸鼻子，「反正，我現在也沒朋友了，之後我會一直過來煩你。」

「沒朋友是什麼意思？」葉晨又問，不過我立刻跑出了空中花園，回到沒有林可筑的教室上課。

✦

自從那天林可筑暈倒回家休息後，我與她就沒有太多交集了。大家都認為我們兩個吵架了，但無論別人怎麼問，我們都只說沒事。

每節下課，我都會去空中花園報到，喘口氣，找人說說話。

「等等體育課按照上次的分組練習打球，大家不要遲到喔。」體育股長在講臺上宣布。和我同組的一直都是林可筑，我原本想藉這機會跟她和好，結果林可筑卻轉身找了別人同組。

「欸，可是妳本來不是和白于然……」對方很尷尬。

「我們暫時不同組。」林可筑沒看我，甚至沒經過我的同意。

我不懂，就只因為我讓她失望了，她就要做得這麼絕，連朋友都不當了嗎？

「林可筑，妳不打算跟我和好了？」這個當下，我受不了了，這句話就這麼脫口而出。

林可筑顯然沒料到我會直接攤牌，她先是頓了下，周遭的其他同學也安靜下來，默默看著我們兩個。

「是妳先走掉，不跟我解釋。」林可筑直勾勾盯著我的眼睛。

「我想我沒有解釋的必要，我有我自己的選擇。」我握緊雙拳。我很清楚這番話聽起來有多讓人心寒，可是林可筑已經先入為主地把我當成壞人。

就算我是壞人好了，我也希望……也希望她能支持我。

這是我最自私與卑微的願望。

「我覺得我好像從來沒認識過妳。」林可筑往後退，「白于然，我想到那些事情，就覺得妳好可怕。」

這句話宛如把我打入了萬丈深淵。

我可怕？

也對，我差點把程聿璐逼死，還要她和父母一起來向我道歉，而為了我跟程聿璐分手的吳俞凡想和我交往，我卻不答應，然後全校還都不曉得始作俑者確實是我。

「對，我很可怕。」我噙著淚水，但明白自己不能哭，「我身體不舒服想去保健室，所以沒辦法去上課了。」

我告訴體育股長，隨即離開了教室。

「妳們怎麼了？吵成這樣？」臨走前，我聽見同學這樣詢問林可筑。

我沒有去保健室，而是一面往空中花園的方向跑，一面努力擦乾眼淚，只想見到那個不會把我的祕密說出去的鬼，葉晨。

「學長，你不回去上課嗎？」

然而當我抵達空中花園時，竟聽見葉晨正在和一個女生說話。

他不是說沒人看得到他？

「當然要，不過第一節課要考試，有點懶呢。」葉晨這麼回答，我不由得再次滿腹疑問。他為什麼要說這種話？他根本無法離開空中花園不是嗎？

「學測快到了，學長還是乖一點比較好喔。」那個女生又說。

忽然間，我意會過來，那個女生沒發現葉晨是鬼。

她轉過身，差點就與我相撞，為了不讓她看見我剛哭過的臉，我趕緊說了聲：「哇！對不起！」並朝葉晨的方向跑去，大喊：「葉晨——」

「哇！妳又來！」葉晨想躲，我立刻追上。

「你不要跑，我要問清楚！」我伸手想抓他，事實上我的確抓到了，只是手依舊穿過了他的衣領。

我下意識回頭，深怕這一幕會被那位女同學目睹，好險她已經離開了。

「剛才那是怎麼回事?你在跟誰說話?」

「那個人會回到過去喔。」葉晨雖然沒被我碰到，還是揉了揉自己的衣領處，「她是一班的湯念心，去年我遇過來自今年的她。」

我倒抽一口氣，「眞的假的?」我假冒的趙勻寓也是一班的學生，不過看起來葉晨沒發現，我慶幸著或許趙勻寓很少來空中花園。

「我一直以來都沒有騙妳啊，她會回到過去改變自己想改變的事。」葉晨說完，跳到了長椅上。

「然後呢?」

「然後我不知道。」葉晨聳肩，一副不負責任的樣子，「我唯一該做的，就是告訴某些人可以向月亮許願，並回到過去，至於怎麼回去、會發生什麼、是眞的改變了過去，還是到了另一個平行時空，我都不知道。」

「你不知道的話那誰知道?」

葉晨指了指天空，說了句：「月亮。」

又在裝神祕，有時葉晨的態度會給我一種天機不可洩漏的感覺，總覺得他還有很多事情沒說。

「葉晨，我今天很難過，就讓我待在這吧。」

「待著吧。」葉晨坐到我身邊，與我一起吹風，我們就這樣靜靜望著遠方。

我和葉晨這段奇妙的緣分始於二〇二〇年，我從沒想過有一天自己會和一個鬼……相處得這麼融洽，我甚至在十二月三十一日那天偷偷潛入學校，就只爲了祝福他新年快樂。

✦

爲了給他一個驚喜，我並沒有先告訴他自己會出現，反正他一定在呀。晚上十一點半時，我躡手躡腳地來到空中花園，小心翼翼地探出頭。

他一如往常在長椅上跳躍著，雙臂平舉，像在月光下跳舞，接著他忽然停下腳步，雙手也垂在雙腿兩側。

他抬頭望向天上的月亮，即使不是滿月，乍看也十分接近了。在幽靜的銀白月光之下，他宛如脫離塵世的存在，落入凡間的天使想必就是像現在的他這樣吧。

我看見他嘴裡喃喃說著什麼，花了一段時間才讀出最後三個字：「……想見妳。」

他想見誰？

他在等誰？

這一刻的葉晨實在太美，而他的憂傷也感染了我，於是過了十二點，我才有辦法邁開腳步走過去，笑著對他說：「二〇二一年，新年快樂。」

「沒想到妳會來。」葉晨很是驚喜，也露出了微笑，「終於二〇二一年了。」

他那句話所代表的意義，我在很久以後才明白。

✦

自從葉晨去年跟我說過湯念心會回到過去後，每當我經過二年一班時，偶爾都會偷看一下裡頭的湯念心，我只是好奇當她回到過去時，這個世界的她會去哪。不過我忍住了詢問她的衝動，畢竟葉晨的存在目前只有我和她知情。

「欸，葉晨，湯念心已經回到過去過了嗎？」我趴在牆邊曬著太陽。

「妳是不是又蹺課了？」葉晨坐在圍牆上，我這才注意到他穿著藍色球鞋。

「學校不是規定只能穿淺色的鞋子？你穿藍色違規喔。」我瞇眼。

「在我那個年代可是規定只能穿白鞋。」葉晨得意地拍了一下他的球鞋，「我這不只是違規，簡直是大違規。」

「沒想到你是調皮的學生。」我打了個哈欠，「所以湯念心回去過了嗎？」

「在上上次月圓時就回去了。」

我睜大眼睛，「可是我不覺得現在的世界有什麼改變。」
「妳有和她同班嗎？」
「沒有。」我搖頭。
「如果她回到過去後沒告訴任何人，那自然沒人會知道她來自未來。而若她改變了過去再回來現在，那現在就已經被改變了，大家當然不會記得原本的世界是如何。」
「這還眞是神奇，好哲學，我好想去問她喔。」
「千萬不行。」
「爲什麼？」
「因爲在我的記憶中，湯念心回到過去後並沒有提起妳，而又回到現在的她也沒有提起妳，所以我認爲最好保持這樣的狀態。」
「難道說，所有穿越時空的人都不會告訴別人自己來自未來？」
「看個性吧。就算說了，也是跟那些看不見我的人說，而不是像妳這樣的特例，明明沒穿越，卻能夠看見我。」葉晨指著我的鼻子，「妳最好別去和那些穿越者接觸。」
「會發生什麼事？」我轉轉眼珠子。
葉晨瞇眼，「我也不曉得。」

「不曉得？」

「就是不曉得，才叫妳不要做。」

「你不確定的事情很多耶。」

「就和妳一樣呀。」葉晨跳下圍牆，站到我旁邊，側頭看著我淺笑，「妳跟林可筑和好了嗎？」

我搖頭，「我們很久沒說話了，不過我們和班上其他朋友的相處還是一樣，只是我和她一直沒講話。」

我想林可筑並不是眞的討厭我了，因爲她沒有把我和吳俞凡的祕密說出去，只是，她短期內似乎也無法諒解我。

「那妳跟吳俞凡當眞沒戲唱了？」

「我太輕率了，我確實喜歡他，但內心深處大概以爲他不可能會因爲我而和女友分手，所以享受著這份小小曖昧的刺激，沒料到代價會這麼大。」我扯了下嘴角。到頭來，我最愛的還是自己。

「在十七歲這個年紀，會犯錯、會搞不清楚狀況，都是很正常的。」葉晨揉了揉鼻子。

「唉，別說我的事了，說說你吧。」

「我也沒什麼事好說啊。」

「你明明有很多事沒告訴我，我們都認識這麼久了，不要這麼見外。」我用手肘頂他了一下，當然還是撲空了。

「妳確實向月亮許了願，卻沒有回到過去對吧。」葉晨聳肩，「那或許妳能看見我，眞的是上天的安排。」

「安排什麼？」

「就是讓我在鬼生的最後，能有個人可以聊聊天，把我的事蹟流傳下去吧。」葉晨開玩笑地說。

「你認爲自己快要可以投胎了？」假如少了他這個說話的對象，我想我會有點寂寞，雖然這是好事。

「我每隔一段時間就會遇到來自未來的人，他們會告訴我是在哪一年遇見我。可是今年到現在爲止，我都還沒遇到來自未來的人，所以或許我很快就會消失了吧。」葉晨說得輕描淡寫，「人死後會成爲靈魂，有的會像我這樣遊蕩在生前最後待的地方，那靈魂死後呢？我會去哪？有時想到這些，我就會覺得很恐怖。」

「因此妳能夠看見我，對我來說是一種救贖。」葉晨忽然認眞地表示，一反平時嬉皮笑臉的模樣。

「我啊，因爲知道哪些人能看見我，於是每次都會裝模作樣，像憂鬱青年似的對他們說一些很難理解的話，畢竟一定要顯得神祕十足，他們才有可能相信我說的話。但平常的我不過就是像現在這副樣子，所以妳第一次看到我的時候，我正在大笑，甚至在亂喊，要是不那麼做的話，我應該會發瘋吧。」

葉晨突如其來的沉重自白讓我一愣，也認眞思考了起來。

他說起這些年來，他所遇到的學生們，有些人眞的改變了過去，並重新活過一次人生；有些人似乎只是去了平行時空，最後還是返回沒被改變的現在；又有些人改寫了過去後，就直接銜接到穿越的那天；更有些人即使回到過去，依舊無法挽回遺憾。

葉晨說，他不清楚爲什麼每個人的狀況都不一樣，就如同他不清楚爲什麼向月亮許願就能回到過去。

「明明是你告訴他們的，你卻不清楚？」我疑惑了。

「因爲那些都是已經發生過的事。」葉晨低語，我還是聽不懂，「我在這裡二十年了，知道哪些人會回到過去改變一切，知道哪些人會選擇改變自己，知道有些人面臨絕望又重獲新生，唯獨不知道我自己的未來。」

「可是你說，你或許快要離開了。」

「對，所以我開始害怕了，我在等一個……」他停頓了下。

「你在等什麼？」

「我在等一個人，但我不能告訴妳是誰。」

「為什麼？我可以幫你一起找啊！」

「不行，我不能告訴妳，也沒辦法告訴妳。」葉晨露出有些感傷的神情，「要是我說了，改變了什麼，結果她不出現了，那該怎麼辦？」

「你不是說發生過的事情一定會發生，那怎麼會改變？」

葉晨思索著我的話，最後開口：「連俞津。」

「字怎麼寫？」我偏了偏頭。

葉晨向我說明之後，喃喃說了句：「她還……活著嗎？」

根據葉晨的說法，連俞津是他當年的同班同學，他只想了解連俞津過得好不好，要我幫他找人。

因此，我來到了圖書館。

葉晨跳樓的日期是二〇〇一年五月七日，我在網路上搜尋過，並沒有相關新聞。而我在圖書館找到了葉晨那屆的畢業紀念冊，裡頭確實有他和連俞津的照片，也有他們的團體照生活照等等，沒什麼異狀。

照片中的葉晨和我認識的葉晨一模一樣，他在十八歲那年死亡，靈魂也停留在十八歲的模樣。

我拿著那本畢冊想要外借，至少讓葉晨重溫一下過去，但圖書館的老師說畢業紀念冊無法出借，於是我只能用手機翻拍，再去給葉晨看。

他盯著連俞津的臉很久，之後用手抹了下自己的鼻子。

「你在哭嗎？」我嚇了一跳，而葉晨哼了聲。

「沒有。」他的嗓音略顯沙啞。

「我會去找找看這個人，看能不能找到什麼線索。」

「我不抱期待，但是謝謝妳。」葉晨抿嘴。

我有許多想問的，不過葉晨散發的氛圍十分悲傷，與平常的模樣不同，所以我選擇默默地離開空中花園。

要找以前的學生，最快的方式就是去問在學校任職最久的老師，於是我跑到專任教師辦公室，找到了家政老師。

「老師，我想問妳一些問題。」我露出可愛的微笑，年紀接近六十歲的家政老師瞇起眼睛看我，又瞧了牆上的時鐘。

「妳先說說爲什麼這時間沒在上課？」

「唉唷，老師妳不要這樣嘛，那我問一個問題就好。」我拿出手機，讓家政老師看翻拍的葉晨畢業照，「老師認得他嗎？」

家政老師推了下眼鏡，接著露出狐疑的神情，「妳問這個做什麼？別想八卦任何事。」

她這麼說顯然就是知情，我立刻表示：「沒有，這位學長跳樓的事我一點也不好奇。」

「妳……」家政老師東張西望，「妳小聲一點，妳怎麼會曉得這件事？」

「我眞的沒有要問他的事，我要問的是這個。」我滑到下一張照片，連俞津清秀的臉蛋出現在畫面上，以現在的眼光來看也是非常漂亮的女孩，「這個女生。」

這一次，家政老師倒抽了一口氣，「這些照片妳去哪裡拍的？」

「當年的畢業紀念冊。我想了解連俞津現在怎麼樣了，有她的聯絡方式嗎？我記得我們有校友通訊錄，老師可以幫我找找看嗎？」

「妳快回去上課，都過去這麼多年了，不要再問了！」家政老師推著我。

唉，看來必須使出殺手鐧了。

「老師，其實啊……我看得見很多東西，像上次程聿璐在空中花園……老師難道不覺得很眼熟？」我裝作不舒服的樣子，摀住胸口，「那時候我看見一個穿著制服的學生站在她身邊……要她跳下……」

「等等，別說，妳安靜！」家政老師制止我，再次確認附近沒人後才繼續說，「那件事情過去很久了。」

「我知道，二十年了，就快到那個學長跳下去的日子……」

「好，妳別再講了，老師最怕這種事！」家政老師嚇得臉色都白了，我忍不住在內心偷笑，「葉晨和連俞津，這兩人我一天都沒忘記過，這麼多年過去了，學校裡的老師都換了一批，除了我以外，早就沒人記得他們了。」

「嗯嗯。」我用力點頭，「那他們……」

「他們是殉情。」

我瞪大眼睛，「殉情？」

「葉晨跳樓，但警衛晚上七點多巡邏時是先發現倒在空中花園的連俞津，我們不清楚為什麼他們會用不同的方式自殺，不過兩人都沒有他殺的跡象……」家政老師下意識摸了手上的佛珠，「很多老師猜測是由於考試的壓力，可是我不這麼認為，葉晨和連俞津的成績都相當優異。而在他們發生意外的那天，兩個人的行為都很反常，不太像平時的他們。」

「等一下，老師，妳的意思是……」

「連俞津已經死了，妳沒辦法找到她。」

如果她死了……葉晨怎麼會不曉得？

他怎麼還會要我去找連俞津？

「空中花園曾經為此關閉兩年，但這件事情沒有鬧得很大，因為連俞津的家庭頗有勢力，他們封鎖了所有的新聞報導，導致如今已經沒什麼人知道，妳也別再好奇了。」家政老師啜泣起來，我向她道謝後，趕緊離開了辦公室。

我摀住嘴巴，心情異常沉重，隨著前進的步伐，心臟每跳動一下都彷彿要被從嘴裡嘔出。

再次來到空中花園，只見葉晨一個人孤單地站在長椅上，他抬頭望著什麼，明明空中沒有月亮，我卻覺得他在等待月亮，就像跨年的那天一樣。

不，也許每個夜晚他都是如此。

「連俞津跟你一起自殺的，對嗎？」我輕聲說。

「妳調查得眞快。」葉晨有些驚訝，他轉過頭，臉上並未帶著那熟悉的笑容，

「所以她眞的沒活下來……」

「聽起來你已經知道她會死，那又爲什麼在這等她？」

葉晨頓了下，聳聳肩，「我只看見她被抬上擔架，畢竟我出不了空中花園。我只是在想，果然是這樣啊，一切都沒有改變。」葉晨低語，「現在二〇二一年了，她也該出現了，還是要年底才會出現呢？我還需要等多久呢？」

葉晨的話實在很難理解，後面那段彷彿是自言自語。

我的理解是，葉晨在這等了二十年，等待當年與他一起自殺的連俞津，而要等多久他也不清楚，甚至連她會不會出現都是個問題。

「你也太傻了吧，在這邊等了她二十年。」我忍不住說，嗓音微微哽咽。

「和她在一起的那些日子，是我這一生中最奇幻的旅程，我永遠也忘不了。」

他說得無比深情，我不禁有些感動。

「我會幫你找到她的。」於是，我提出一個難以做到的承諾，「我會到她的墓前上香，請她過來一趟。」

聞言，葉晨笑了。他搖搖頭，一頭褐髮被風吹得凌亂，「或許她早已投胎了。」

「你明明不曉得她後來怎麼樣了，卻一直在這等著，是因爲你相信她會來吧？」

這樣的愛情多麼偉大，偉大得近乎卑微，也十分動人。

「她應該是會來的，在二〇二一年的時候。」葉晨低語，「謝謝妳，趙匀寓，沒想到我以爲知悉了所有未來，卻遇見了不在我記憶中的妳。」

「你是不是很久沒聽我內心的話了？」我問。

「當然，我不至於那麼沒禮貌。只要我們兩個可以直接對話，我就不會擅自聽取妳的內心。」

難怪他直到現在還沒發現我用假名，我吐吐舌。

「那個……一開始我以爲你是鬼，雖然你眞的是鬼沒錯，但我以爲你是會奪人性命的那種惡鬼。」

葉晨失笑，跳到長椅上平舉雙臂來回走著，「所以呢？現在明白我不是了吧。」

「嗯。所以，我不叫趙匀寓。」

葉晨停下動作，愣愣地轉過頭看我，「妳的名字是假的？」

「呃，對。哈哈哈。」

「那妳叫什麼名字？」他從長椅上跳下來，震驚又小心翼翼的模樣看起來有點奇怪。

都到了這時候，我也沒必要隱瞞自己的名字了吧。

「我叫做白……」

「白于然，已經上課了，妳還在這邊做什麼？」邱政翔老師從會議室走出，發現我還待在這，他馬上大喊。

「啊！我是因爲身體不舒服……」我趕緊扯謊。

「不舒服？我看妳在晒太陽吧，快給我回教室！」邱政翔老師一副要過來抓我的樣子，嚇得我拔腿跑出空中花園，

「葉晨，我等等下課再來找你！」我一邊跑一邊回頭對葉晨說，卻見到了難以置信的畫面。

陽光下的他身體逐漸變得透明，我能透過他看見他身後的景致，而他正對我大聲吶喊著跑來，並伸出雙手。

可是，我聽不見他的聲音。

「葉晨……葉晨？」我傻住，朝他的方向緩緩走去，接著用力狂奔，然而葉晨就這麼消失在陽光之下。

這是怎麼回事？

他成佛了嗎？這麼突然？怎麼可能！

「白于然，妳是要我告訴你們班導才肯回去上課嗎？」邱政翔老師也來到空中花園，他自然什麼也沒看見。

「沒有，我要回去了……」我不確定地頻頻回頭看著葉晨剛才消失的位置。

應該沒事的吧……他晚點就又會嬉皮笑臉地出現了吧？

✦

「我真的不想放棄……難道我真的必須接受他不會醒來的事實？」阿娟姨哭著，小璋哥哥還是躺在那裡，毫無動靜。

「妳要保持信心，小璋一定聽得到妳的聲音，他也正在努力。」媽媽鼓勵著阿娟姨，而我坐立難安。

從葉晨消失的那天起，已經過了兩個禮拜，我再也沒見過他。

我真的很想、很想去問湯念心，還有看過葉晨嗎？

可是據葉晨所說，那些穿越到過去又回來的人，很快就會無法再看見他了，加上他曾囑咐我千萬不能和那些穿越者接觸，所以我想還是遵守比較好。

唉。

怎麼會這樣，爲什麼葉晨會無預警地消失？

好不容易查到連俞津被安葬在哪裡，我原本這禮拜要去看看，結果爸媽又要來中部探望阿娟姨。在這種十萬火急的時刻，還要來見不熟悉的人，實在完全不在我的計畫中。

「娟啊，妳這樣子經濟上有辦法負擔嗎？」媽媽忽然問，阿娟姨的表情頓時更加消沉。

「很難了……我一直勉強撐著，但也快到極限了……」說完，阿娟姨又哭了起來，我看向病床上的小璋哥哥。

瘦骨嶙峋，終年閉著眼睛依靠點滴維持生命，除了阿娟姨和我們，從來沒其他人來探視過他。他那些曾經的朋友都有了各自的人生，結婚生子了吧。

是活著，卻也不像活著，因爲早已消失在他人的生命之中。

今天隔壁病床的簾子並未拉緊，隱約能看見有人在裡頭走動。基於禮貌，我沒有仔細看，沒一會那名病患的家屬走出來，對方朝阿娟姨頷首後拉起簾子，拿著熱水瓶往外走。

「隔壁那位媽媽也是不放棄她的兒子，每次我累了，就會想到……還有很多家長跟我一樣都在努力……」阿娟姨掉著眼淚。

我忽然有點感慨，或許是因爲葉晨的關係，讓我這一次來多了些沉重的心情。

離開醫院，媽媽在車上難過地說：「我要阿娟別再吃那種藥，吃多了傷身體啊。」

「那是醫生開給她的，妳幹麼一直阻止？」

「那種藥很危險，你忘了以前不少人都會吃那種藥自殺？」

「都多少年以前的事了，現在藥物早就改良過了。」

爸媽聊起一些藥物的學名，之後，他們對於我這次沒亂跑，而是乖乖待在病房聽阿娟姨抒發這點感到十分滿意，爲了獎勵我，他們決定帶我去之前想去的地方玩。

「我只想回家。」然而我這麼回答。

「別掃興嘛，爸爸都訂好民宿了，晚上一起看星星啊。」開著車的爸爸趁空檔回頭對我擠眉弄眼。

「就說今天晚上會下雨了，你偏要訂能看夜景的民宿，錢都浪費掉了。」媽媽抱怨。

「我看氣象預報，降雨機率是一半一半，說不定我們運氣好不會下雨啊！」爸爸回嘴，兩個人又吵起來。

我望向窗外，我想見葉晨，想知道他好不好。

如果他眞的已經成佛，那也希望他能託夢告訴我。啊，對了，我怎麼忘記去查查葉晨的墓在哪？

這樣我就能去給他上個香，紀念這位如此特別的朋友。

入夜後果然下起了大雨，轟隆隆的雷聲不斷。雖然爸爸被媽媽罵到臭頭，不過這間民宿確實還不錯，抬頭就能透過天窗見到外頭的天空，可惜現在當然看不見星星。

雨滴打在玻璃上的聲音也別有一番風味，我在雨聲中緩緩睡去，伴隨著爸爸的鼾聲進入夢鄉。

不知過了多久，我突然被強光刺得清醒過來，一瞬間還以爲是有人拿手電筒照我的臉，卻發現是從天窗投射進來的月光。

原來雨已經停了，月光都能亮得讓我醒過來，那等天亮後不就不用睡了嗎？

所以我起身，想去爸媽床上睡，接著忽然注意到一件事。

從上頭灑落下來的月光，宛若銀色的毯子般覆在我的床鋪上，但是月光會這麼亮嗎？

我走到落地窗邊拉開窗簾，此生見過最大的月亮頓時映入眼簾。

在漆黑的夜空中，只有又圓又大的滿月高掛在那裡，連月球表面的陰影都清晰可見。周圍的銀色光暈猶如流動的銀河般，圍繞著月亮。

向月亮許願。

我的腦中浮現葉晨說過的話，這跟我上次滿月時所見到的月亮完全不同。

——這次向月亮許願，一定能夠實現的。

我有這樣的預感。

於是我雙手合掌，站在落地窗前仰望著月亮，閉上雙眼誠心地說：「讓我再見葉晨一次吧。」

張開眼睛，魔幻的月亮依舊皎潔，我轉身拿起手機，將這誇張的月亮拍了下來。

明天我要拿給爸媽看，而再次見到葉晨時，也要拿給他看，告訴他許願的時候所看見的月亮，就是這麼美麗。

第四章

四周很黑，身子很沉，我覺得呼吸困難，像是有東西壓在胸口。我張大嘴巴試圖吸氣，卻湧起了嘔吐的衝動。

我倏地睜眼，感覺身體沉重得無法移動，眼前一片模糊，而我頭痛欲裂，想發出聲音喊爸媽，可是喉嚨乾澀得難以發聲。

掙扎著想爬下床，我伸手要支撐自己的身體，然而手臂癱軟無力。眼前的景物逐漸對焦，我卻震驚無比——我不曉得這裡是哪裡。我只看得見自己白皙的雙腿，躺在一張對我來說過大的床上。

床的四周以四根柱子撐起幃幔，如同影劇中會出現的公主床，同時，這個房間也大得出奇。

「呃……呃……」我努力發出聲音，並用力掙扎，好不容易手指能移動了，腦也逐漸找回知覺。

下一個瞬間，我奮力翻身，原以爲會掉落至床下，結果這張床超乎我想像的大，我不過是在床上翻了個身，面朝下罷了。

「這是……怎麼回事……」總算能發出聲音，取回身體主導權的速度比我想像中快一點。

又過了幾分鐘，我終於能完全掌控身體，不過下床時還是不小心踢到了自己的腳後跟，整個人跌倒。

「砰」的好大一聲，我痛叫了下，身子卻沒有預期中來得疼痛，這柔軟的觸感是什麼？

我雙手撐地想要起身，五指竟深陷在柔軟的毛皮之中。我的天啊，這裡還有地毯？

腦袋逐漸恢復運作，我仔細思考起自己現在在哪。真是太詭異了，本來還在民宿睡覺，怎麼一睜眼就跑到這豪華的房間？

難道睡覺時民宿幫我們更換了房間，而我睡死了完全沒記憶？不可能啊，那間民宿沒有這種豪華的房型，況且我睡得再怎麼熟也不至於不記得。

該不會是有人下藥迷昏了我們，把我們搬往別的地方想傷害我們？這最有可能，畢竟周遭環境如此陌生，我剛才身體又不能動彈。

想到這裡，我寒毛直豎，不敢想像自己等等會遭遇什麼狀況。爸媽去哪了？他們安全嗎？

我的手機呢？我記得放在枕頭旁邊……嘖，如果真的是被壞人綁架，對方才不可能會連我的手機一起帶走。

不管怎樣，我得先快點逃出去，從我的手腳沒被綑綁來看，壞人或許沒料到我會這麼快醒來吧。

我打算朝房門的方向走，卻察覺自己身上的觸感不太一樣，往下一望，我居然穿著純白的洋裝式絲質睡衣。

天啊！這壞人也太變態了，還幫我換了衣服！

等等……我的胸部怎麼好像……變小了？

從剛才我就覺得頭很輕，脖子也涼涼的，我伸手一摸，赫然發現一頭長髮變成了短髮。

這是怎樣，還幫我剪了頭髮？

走過落地窗前時，玻璃反射出的影像明顯不太對勁，於是我停下腳步。

我舉起右手，窗玻璃上那個女孩的身影也舉起右手；我舉起左手，她亦然。我轉身、歪頭，那女孩都同時和我做出了一樣的動作，彷彿是我，可是那長相並不是我。

我開始感到害怕，找尋著房內有沒有鏡子，接著在床的另一邊看見了偌大的梳妝臺，一旁是電源開關。

房內的小燈亮起，襯得整個空間幽暗又美麗，而鏡中的女孩臉色發白。這不單是因爲我深受驚嚇，女孩的臉色原本就差到不可思議，她的嘴角帶著些許白色泡沫，我伸手摸上自己的嘴角，女孩的動作依舊跟我相同。

這時，我注意到梳妝臺上的小鬧鐘顯示為凌晨六點多，旁邊放著一封信，收件人寫著爸爸、媽媽，我想也沒想便打開，娟秀的字跡映入眼簾。

爸爸、媽媽：

很抱歉，我要先走一步了。

你們知道原因，不過我猜，在我死了以後，你們又會粉飾太平吧？會動用一切人脈隱藏我自殺的眞正理由。

謝謝你們生下我，給我富足的生活，讓我對於自己的「不知足」和「不孝」抱持著罪惡感。

請你們在最後能夠實現我的一個願望，那就是別救我。

俞津

我無法控制雙手的顫抖，一旁的床頭櫃有個黃色藥罐，我看不出那是什麼藥，但這女孩想必是吃下大量藥物自殺了。

她死了嗎？我又爲什麼會跑進她的身體裡面？

重點是這張臉還有這個名字……俞津，連俞津……

我倒抽一口氣，不自覺望向外頭的月亮。

明明許願的內容是想再見到葉晨，並不是要變成連俞津啊。

而且連俞津不是死了？難道她其實沒死？是大家搞錯了？

不可能，我連她的墓地都查到了。還是說，是什麼陰謀論，棺材裡的不是連俞津的遺體？

打量著鏡中的連俞津，我總覺得哪裡不對勁。

我又低頭看了一次那封遺書，想找出什麼蛛絲馬跡，接著整個人僵住。

再次抬頭，我發現鏡中的那個女孩異常年輕，不，應該說是以連俞津而言太過年輕。

如果她是葉晨的同學，那現在都三十多歲了，模樣怎麼可能這麼稚嫩？

而且，我在那封遺書的最後看見了一行字。

二〇〇一年五月七日 00:07

——我不只跑進了連俞津的身體裡，還穿越到了過去。

連俞津應該是在今天凌晨寫下這封遺書後就自殺了，所以今天是五月七日？這不就是葉晨跳樓的那天？

可是，他不是和連俞津一同在空中花園殉情嗎？

這太奇怪了，那現在的葉晨呢？

我在腦中飛快思考，葉晨是跳樓，連俞津卻是死在空中花園，爲什麼他們不一起跳樓？又爲什麼我現在會發現連俞津這天其實先自殺了？

之前我查詢不到太多資訊，沒能弄清楚連俞津當年是怎樣死去的，因爲有關連俞津的大部分消息都被封鎖了，連帶葉晨的資訊也找不太到。

現在看來，她應該是服藥自殺，不過既然我用了她的身體醒來，這就表示她不會死了對吧？

目前我除了感覺頭有點暈和身體沉重，沒有太多的不適。

算了，別想這些了。我將嘴邊的泡沫擦去，既然回到過去了，那麼當務之急就是——別讓他們兩個死。

這應該不難，因爲我現在在連俞津的身體裡，已經能確定她不會自殺。再來只要我盯緊葉晨，別讓他靠近空中花園就行了。

只要他沒自殺，連俞津也活著，那他們就能夠好好地在一起，這樣我也就功德圓滿，可以回去屬於我的年代了。

天啊，我眞是太聰明了！

但要是我改變了過去，那些曾經受過葉晨幫助而回到過去改變人生的人，是不是就無法得到救贖了？

想到這裡，我有點猶豫，但還是沒考慮太久。這不是我該煩惱的，總之我只需要救活葉晨和連俞津就好。

於是我將那封遺書徹底撕毀，反正連俞津不會死了，這封遺書也沒有存在的必要了。

✦

二〇〇一年，距離我所在的年代有二十年，我甚至還沒出生。說實在的，能親眼看看過去的臺灣，我還挺期待的。

原本我想用手機確認今天是星期幾，隨後才想到我的手機並沒有跟著我穿越過來。不過在二〇〇一年手機也不算太新奇的玩意，尤其連俞津家裡應該滿有錢的，一定會有手機吧！

結果我找了老半天，就是沒找到手機。原本還想著可以親眼見識一下早期的智障型手機，眞是可惜了。

但我也因此注意到桌上的日曆，今天是星期一，而現在一旁的時鐘顯示爲六點半，不知道從這邊去學校要花多少時間。我翻了翻放在椅子上的書包，確定了課表跟今天需要帶的課本，發現了一些令我驚訝的小事。

第一，她原本眞的打算自殺，因爲書包裡面的課本還是上星期五的，並沒有整理好，作業也沒寫。

第二，我們高中二十年來書包樣式居然沒什麼改變，連掛在一旁的制服也只有胸前口袋的樣式和領口不太一樣，雖然這一點我早就從葉晨身上得知了。

第三，二十年前的課本和現在相差不少，而且我還看到了國立編譯館所編的課本，這簡直是古早文物，於是我忍不住驚奇地翻閱了好久。

最後，我在書包底層摸到一個粉紅色的長方形物體，只有掌心大小，上頭有著黑白顯示螢幕，下方還有三個按鍵。

是電子雞嗎？可如果是電子雞，螢幕也太小了。

我稍微思考了一下，才意識到這應該是BB.CALL，哇！這比智障型手機還要珍貴！

我隨便按了幾下按鍵，出現一個電話號碼，後面還有一串意義不明的數字。

「44575453？」

記得爸媽說過，BB.CALL只能單向接收訊息，螢幕顯示電話是對方要你回電，而通常後面的一串數字是對方留給你的訊息。

我看不懂這串數字隱藏的資訊，印象中爸媽還說過，BB.CALL也有可以顯示中文留言的機種，連俞津這個千金小姐沒手機就算了，就連BB.CALL也沒買中文顯示的？

總之，我先把那串電話記了下來，打算晚點再找機會撥過去看看。

接下來，我必須確認自己人在哪裡，才曉得怎麼走到學校。沒手機能定位眞不方便，如果在二〇二一年，我直接點開地圖就能知道自己在哪了。

我在連俞津的錢包裡找到了身分證，這也是古董，之前在學校上課時，老師給我們看過臺灣歷代身分證的圖片，沒想到現在能親眼見到上一代的身分證。

彩色照片在中央，女生的身分證使用的是桃紅色紙張，右邊有國旗、換證日期和身分證號碼，左邊則是姓名與出生日期，翻至背面是戶籍地址。以連俞津的年紀，所住的地方多半就是戶籍地，所以我藉此得知了自己的所在地，幸好離學校並不遠。

這時，敲門聲驀地傳來，我嚇了一跳，迅速將所有東西都塞回書包裡，接著飛快地往床上一跳，想假裝在睡覺。

結果對方開門的速度更快，就在我跳上床的瞬間，門正好開啟。

進來的是一位穿著黑色連身裙的女人，大約四十多歲。她有些驚訝地看著我，我下意識認爲她是連俞津的媽媽，於是又從床上起身。

「小姐，您今天怎麼這麼早起？」

結果她居然是……該叫什麼，幫傭？下人？僕人？管家？

「啊，我就，睡不著。」我開口說，這下才聽見了自己的……不，連俞津的聲音。音質輕柔卻不造作，偏尖但不刺耳。

「那要不要我爲您梳洗呢？」

什麼？梳洗還要人幫忙？

專人叫起床又幫忙梳洗什麼的，這不是童話故事中的公主才會有的待遇嗎？

「那個，不用啦，我自己來就好。」我咳了一聲，「因爲昨天沒睡好的關係，我頭昏昏的，腦袋有點不清楚，可以跟我介紹一下，我都是怎麼叫妳的嗎？」

她瞪大眼睛，我明白這理由實在太瞎了，突然間忘記怎麼稱呼一個人，這根本不是腦袋不清楚，而是失憶了吧。

「小姐，我是珠姨呀，難道您發燒了？您的氣色看起來也不太好，是不是不舒服……」說著，她伸手過來要摸我的額頭，我趕緊乾笑。

「因爲做了噩夢啦，珠姨，我沒事。」我聳肩，而珠姨懷疑地盯著我。

「如果眞的很不舒服，我可以幫您和夫人他們說，畢竟昨天你們才起了那麼大的衝突……小姐您一定也不好受……」

呃，原來是和爸媽大吵嗎？雖然從遺書來看也能略知一二，不過究竟嚴重到什麼程度，弄得需要自殺？

要是我直接問昨天吵了什麼，一定會更加引來懷疑，因此我決定之後再找機會打聽。

「好了，珠姨，我要準備去學校上課了。」說完，我拿起掛在一旁的制服。

「小姐，您不是每天上學前都要先沐浴嗎？」珠姨的話讓我一驚，難怪她剛才會問要不要爲我梳洗。

「啊，差點忘了。」我再次裝傻微笑，趕緊轉身要往浴室……呃，浴室在哪？

「小姐，您到底怎麼了？」珠姨見我彷彿失智，慌亂地嚷嚷起來。

珠姨啊，請不要驚慌，妳的小姐現在不過是忘記浴室在哪罷了，原本的她可是要自殺呢。

一番折騰後，我終於步出家門。出門前聽珠姨說連俞津的爸爸還在睡，媽媽則在庭院吃早餐。

反正我在這裡應該只會待一天，只要葉晨今晚沒有自殺，那就完成任務了吧？所以我沒打算和連俞津的生活圈有太多牽扯，自己吃完早餐便離開了。

當我踏出家門時，赫然見到百萬名車就停在面前，等著載我去學校。司機穿著正式的黑色西裝，陣仗非常誇張，我簡直就是花輪。

一開始我想拒絕，但仔細想想，我可能一輩子都沒機會搭這種豪華名車，因此還是決定上車。

車上沒有什麼紅酒杯或冰箱之類的浮誇物品，不過十分寬敞舒適，且在車內聽不見外面的聲音。

一路上，司機先生並未和我寒暄，僅僅在我上車時說了早安。這樣也好，趁著這個機會，我觀察起二十年前的臺北街頭，在二〇二一年時相對繁華的地段，目前只有寥寥幾棟樓層不高的建築。

抵達學校，我頓時覺得懷念無比，然而學校對面居然是一大片空地，在二〇二一年，那裡可是一棟豪宅呢。

「放學時你也會來接我嗎？」準備下車時，我問了一句。

「會，小姐今天不需要嗎？」司機先生轉過頭，他看起來約莫五十多歲，算是慈眉善目。

我想了一下，「嗯，不用。」

「那我要用什麼理由告訴先生夫人呢？」

「呃……」還要有理由呀。

「跟之前一樣？」

我自然不懂司機先生的意思，因爲無法確定所謂的「和之前一樣」是什麼，以防萬一我還是答：「就說我想散心就好。」

「我明白了。」司機先生沒有多說，管他之前的理由是什麼，反正我不需要知道。

車子停在學校的後門處，從這裡來看，學校和二十年前的差異不大，只是二十年後多了監視器，鐵門也更換過了。

啊，糟糕，我差點忘記最重要的事。

「那個，司機先生。」

「您叫我司機先生？」對方大驚，「您平常都叫我沈叔呀。」

糟了！

「跟你開個小玩笑呀，沈叔。」我再次裝可愛微笑，「我昨天身體不太舒服，結果忽然忘記自己是哪一班，沈叔記得嗎？」

「小姐，天啊，您沒事吧？」沒想到沈叔的反應比珠姨還要大。

「沒事啦，我開個玩笑！」我只好這麼說，趕緊逃進學校裡面。

算了，總會有辦法的。

我從書包拿出連俞津的身分證，確認她的出生年月日，並在內心快速計算了一下，她今年十八歲，所以是高三生。雖然我早就知道她和葉晨自殺的這一年是高三，不過保險起見還是得驗證一下。

高三班級所在的教學大樓是最裡面那一棟，這一點應該不會變吧。我只要先往那邊走，接著待在一樓等人和我打招呼，再跟著對方去教室就行了，我還眞是聰明呀！

於是我來到高三班級所在的教學大樓，並在一樓等待，同時觀察起二十年前的學校。

建築物基本上沒什麼變化，但眼前的磁磚顯然比較新。花圃中的花朵稀疏無比，相較之下，二〇二一年的校園環境漂亮多了，不僅操場跑道翻新過，還多了裝置藝術，總而言之，二〇〇一年的學校實在非常樸實無華。

就在我胡思亂想之際，一個頭髮蓬蓬的女生走了過來，她的裙子摺得很短，雖然整體裝扮十分有年代感，不過在二〇〇一年應該是挺流行的。

我看著她，她也看著我，正當我要別開目光時，她卻朝我揮手，「早安，在這邊做什麼？」

喔！是認識的。

「在等妳啊。」我說，跟著站起來，「我們去教室吧！」

「等我？爲什麼要等我？」蓬蓬頭似乎相當訝異。

雖然搞不清楚連俞津和她在班上算不算好朋友，不過既然會用那種方式打招呼，應該是還可以的關係吧。

「想說天氣很好，晒晒太陽，然後就遇見妳啦。」

「俞津，妳今天好怪喔。」蓬蓬頭皺眉。

「我昨天有點不舒服，所以才會這樣啦。」我胡謅，反正外表是連俞津，無論個性有哪裡不對勁，別人還是會認爲我是連俞津。

可惜我們學校的制服沒有繡名字，我根本搞不清楚眼前的人是誰。

「好啦，快去教室吧。」總之盡量避免叫名字，以安然度過這天爲優先。

我和蓬蓬頭一路來到三樓，連俞津的班級是三年二班。此時我突然驚覺，我明明看過葉晨的畢業紀念冊，連俞津的課本上也有寫班級，我剛剛是傻了嗎，怎麼沒想到可以找課本？

「李凌，妳漫畫到底是要不要還我……咦？」一進到教室，坐在後門附近的一位嬌小女孩先是跳起來對著蓬蓬頭喊，接著注意到我後，微微一愣。

「我這禮拜會還啦！欸，周逸婕，我跟妳說，俞津剛才居然說她在樓下等我耶。」

「是、是喔。」周逸婕瞄了我一眼。

「早安。」我率先打招呼。

周逸婕睜圓了眼睛，隨後露出微笑，「早安。」

這下兩個女生的名字我都知道了，很好很好。

「等等第一節課不是要考試？妳們念了嗎？」李凌坐到周逸婕斜前方的座位。

「不是一樣的範圍？七月就要聯考了，妳還在擔心現在的小考？早就該準備好了吧。」周逸婕沒好氣地答。

而我怔了怔，聯考？這是什麼古老的用詞？

「今年還是聯考制？」我大驚。

「對啊，我們是末代聯考生。」周逸婕皺眉，「俞津，妳到現在還搞不清楚考試制度嗎？怎麼可能！」

「沒有，我只是隨便喊一下而已。」我乾笑，把書包放到一旁。

「妳幹麼？」這次換李凌皺眉，「妳的位子又不在那邊。」

「我知道呀，只是想說坐一下。」我再次打哈哈帶過。

「妳今天眞的怪怪的，好像換了一個人似的。」周逸婕的臉突然靠過來，仔細打量我。

「不要靠這麼近啦！」出於心虛，我把她推開。

沒想到會回到末代聯考那一年，眞是太有趣了。但無論制度如何，終究是考試，怎樣都討厭。

「妳還不回座位？」李凌疑惑地問。

「要啊。」我站起來，環顧一下四周。連俞津的位子到底在哪裡呢？

「妳不會是忘記自己座位在哪吧？」李凌站起來指了最後一排的某個座位，「就算昨天才剛換座位，妳也太誇張了吧。」

哦哦，原來昨天才換了座位，那就更好解釋了。

「我把記憶力都拿去念書了。」我自認開了個幽默的玩笑。

「天眞的要下紅雨了，連俞津居然還會開玩笑。」周逸婕雙手合十朝空中拜。

我不再跟她們胡鬧，逕自來到自己的座位，接著再度環顧班上的同學，並沒有看到葉晨。

忽然，我的內心有個預感。難道葉晨在空中花園？

我起身想往外頭走，李凌問了聲要去哪。

「廁所。」我邊回頭邊說，沒注意到前門外面站了一個女同學，差點整個人撞上，「哇！」我驚呼一聲，那個女同學也嚇了一跳。

「對不起，我沒注意到。」我趕緊說，女同學卻瞪大眼睛看我，一副快要哭出來的模樣。

我乾笑兩聲，想問她還好嗎，但此時有個人從她身後走來。

那個人身形高眺，戴著耳機看著走廊外的風景，陽光灑落在他身上，我這才發現原來他的頭髮是褐色，那光芒恰到好處地包圍了他，彷彿形成一圈光暈。

「葉晨！」我大聲喊出他的名字，並朝他奔去，不小心撞到原先擋在我面前的女同學，「對不起，借過！」

「啊……」女同學似乎想說什麼，不過對我來說絲毫不比眼前的葉晨重要。

「葉晨！」我再次喊，葉晨拿下右邊的耳機，似乎很訝異我在喊他。

「妳在叫我？」他說。

感覺好不可思議。

明明周遭的一切都這麼復古，明明我回到了二十年前，只有葉晨的模樣宛如昨日。

他就和我在空中花園遇見的他一樣，完全沒有差別，無論是聲音、髮型、穿著，還是腳上那雙違反校規的藍色球鞋，都一模一樣。

因爲在原本的時空，他已經永遠停留在這一天了。

想到這裡，我瞬間微微鼻酸。

「葉晨！」我又喊了一次，來到他的面前站定。

他把另一邊的耳機也拿下來，一副覺得我很奇怪的樣子，「怎麼了？爲什麼要這樣叫我？」

「你、你不記得我對吧！」跑這一段路並不長，不過過於激動的心情導致我有些上氣不接下氣。

「妳在講什麼，我當然記得妳啊。」葉晨大概以爲我在說什麼瘋話，而我大喜過望。「妳不是連俞津嗎。」

啊，我怎麼會忘了，我現在是在連俞津的身體裡。

「呃，對啦，我是連俞津。」我聳肩，「我有話跟你說，你跟我來一下！」說完，我拉起他的手腕，一旁經過的同學們紛紛發出「喔喔喔」的聲音起鬨。

果然無論在什麼時代，人類愛起鬨的天性都不會改變。

「做什麼啦，我們又不熟！」沒想到葉晨驀地停下腳步，讓我整個人反而被他往後一拽。

「不熟？連俞津跟你不熟？」我大驚。怎麼會不熟？

「妳幹麼這樣講話？我們又不是同一掛的。」他用另一隻手推開我抓著他的手，「閃邊去。」

我飛快地用另一隻手再次抓住他推開我的手，「我們不是男女朋友嗎？」

「噁，妳這是在跟我告白？」葉晨露出嫌棄的表情，「誰跟妳是男女朋友，幻想喔。」

說完，他又拍開我的手，然後重新戴上耳機，轉身往教室的方向走去。

我傻愣愣地站在原地望著他的背影。

這是怎麼回事？

他們不是男女朋友？那爲什麼今晚他們會一起殉情？

就在我盯著葉晨的背影時，剛才在前門被我撞到的女同學含著淚來到我面前，用近乎氣音的聲音說：「俞津，是這樣嗎？」

「什麼？」原來我認識這個人？是同班的？

「因爲妳喜歡他，所以才沒遵守約定？」

什麼？什麼鬼？

「我的擔心都白費了，這下子，我也沒有罪惡感了。」女同學說完便離開了。

什麼跟什麼啊啊啊！

一般來說，就算是忽然跑進某個人的身體裡代替她度過一天，也不會遇到這麼多莫名其妙摸不著頭緒的事吧！

算了，算了算了。

我何必在乎那些阿貓阿狗，我只要在乎葉晨就好，只要今晚葉晨還活著就行。

因此我沒理會離去的女同學，而是直接走回教室。由於剛才我和葉晨在走廊上拉拉扯扯，導致一踏進教室便受到眾人注目。

「聽說妳剛才跟葉晨告白了？」李凌率先開口。

而周逸婕瞪大了眼睛，一臉不可思議。

從大家的反應來看，連俞津和葉晨還眞的沒什麼往來，更不可能是私下交往，畢竟剛才葉晨都甩開了我的手——應該說是甩開了連俞津的手。

眞是太奇怪了，明明二〇二一年的葉晨說過，和連俞津在一起的日子是他這一生中最奇幻的旅程，現在看來根本不是啊。

「我需要釐清一下。」我喃喃自語。

「釐清什麼？對葉晨的感覺？」周逸婕問。

「還是想釐清你們之間的關係？」李凌跟著說，不曉得在唱什麼雙簧。

「妳們兩個眞是夠了！」葉晨在一旁翻白眼。

其他人吹起口哨，我再次看向葉晨，並且詢問全班同學：「所以連俞津和葉晨眞的沒在交往？」

「妳爲什麼要用第三人稱來稱呼自己？」周逸婕皺眉。

「這是告白嗎？我第一次看到這種告白！」另一位同學驚訝地說。

「還是葉晨你們有偷來暗去？」有個頭髮微卷的男生用手肘撞了一下葉晨。

「白痴喔！」葉晨捶了對方。

「不對啊，妳怎麼會喜歡葉晨了？」周逸婕嚷嚷。

「連俞津，妳是念書念到發瘋了嗎，還是這是妳的計謀，想讓我等等考試失常？」葉晨沒好氣地損我。

看來這兩個人確實沒什麼關係。

這時候，我想起連俞津的遺書裡連一個字都沒提及葉晨，彷彿她自殺只是因爲和爸媽的衝突。

既然她和葉晨只是普通的同班同學，那爲什麼二〇二一年的葉晨會說那樣的話？難道我並不是回到我遇見的那個葉晨所在的過去，而是來到另一個平行時空了？

不行，完全搞不懂。

「你們在做什麼？要考試了喔。」一個男人的聲音傳來，所有同學立刻回座位坐好，「連俞津，怎麼了？怎麼不回座位？」

我轉過頭，竟然見到那位百萬 YouTuber 站在我面前。

「天啊！是鄧淮之！」我大叫。

是啊！我怎麼忘記了，鄧淮之這位帥氣有型的百萬 YouTuber 以前是我們學校的老師，沒想到能在二〇〇一年遇見他。

我想跟他拍照，想跟他要簽名！果然帥的人無論幾歲都帥！

「這麼說來，蔡菁諭現在也在這所學校任教？哇！眞是大驚喜！」我忍不住拍手，全班同學被我這古怪的行徑弄得目瞪口呆。

「連俞津，妳是怎麼了？情緒這麼高昂？」鄧淮之皺起眉頭，「還有，要叫老師，不能直呼姓名。」

天啊，本人就在眼前對我說話，我超喜歡看他們夫妻倆的旅遊頻道啊！不過我現在是連俞津，不是白于然，我得收斂點才行。

「對不起，老師，我只是太興奮了。」說完，我趕緊跑回自己的座位。

「她今天眞的怪怪的。」我聽見周逸婕這麼對李凌說。

我的心臟狂跳，這一年的情況和我所認知的完全不同，此刻又見到二〇二一年熟悉的人，這令我深切感受到穿越時空的魔力。

未來鄧淮之和蔡菁諭這對夫妻會將旅遊頻道經營得有聲有色，而我居然有幸目睹他們還在教書的模樣。

「欸欸，鄧淮之和蔡菁諭戀愛中對吧？」我興奮地低聲詢問坐在一旁的同學，接著赫然發現隔壁就是葉晨。他皺起眉頭，顯然把我當成了怪人。

「妳今天是戀愛腦？想把所有人都胡亂湊對？」葉晨回應。

「啊，原來你坐在我旁邊。」那還說我們不熟，坐旁邊都會聊天不是嗎？

「妳今天眞的超怪，平常不是踐得要命？」葉晨又說。

連俞津呀連俞津，看來妳眞的是做人失敗。

「我從今天開始會非常和善。」我眨眨眼睛，「所以他們兩個沒有談戀愛？」

「沒有，妳很無聊。」葉晨翻白眼。

顯然還是人類的葉晨脾氣不是很好。

考卷從前方傳來，我填上班級姓名後，內心回想起鄧淮之有部影片是分享他們夫妻倆的戀愛過程，印象中裡面提到當年是學生幫他們湊對，之後兩人因緣際會真的有了密切互動，便進而發展成戀人關係。多年後鄧淮之轉職當YouTuber，再過幾年，蔡菁諭也投入同一行。

目前他們還沒被學生湊對走到一塊是嗎？

「連俞津，妳再發呆就不用寫考卷了。」臺上的鄧淮之喊，我趕緊從書包拿出鉛筆盒。

低頭一看考卷，我頓時傻住。我的天啊！

如果現在考的是數學，題目與二〇二一年大概不會有太多差異，畢竟數學不就是那樣？但鄧淮之教的是國文，每所學校用的課本不一樣，即使是同一間出版社，相隔二十年，選用的課文一定有所差異，光這點就是大問題了。

因此，我完全看不懂題目，尤其這篇文言文我壓根沒念過，更別說明白其中要表達的意義或者賞析。

可好歹我在二〇二一年國文成績也排名前幾，就算是趕鴨子上架應該也不會差到哪裡去，於是我憑藉著自身融會貫通的能力，完成了這張試卷。

交卷時，我自信滿滿，隨後連忙檢查課表。今天有數學課，真是太好了，這樣等等也能親眼見到蔡菁諭吧。

下課時，李凌和周逸婕跑來找我，眼睛發亮地詢問我稍早的事情。

「所以妳眞的喜歡葉晨？」

「爲什麼？你們又沒有交集！」

「欸欸欸，我還在這裡耶。」葉晨仍坐在一旁的位子上。

「不過連俞津妳是怎樣？平常不是都不理人？爲什麼今天會一堆反常行爲？」卷毛男坐在葉晨的桌上，好奇地問我。

「方譯平，下去啦！」葉晨推開他。

「我替以前的連俞津道歉，從今天開始，連俞津會和顏悅色。」我站起來對大家鞠躬。

「她今天眞的怪怪的。」周逸婕臉色慘白。

第五章

爲了熟悉班上的同學，接連幾節課的下課，我都待在教室與大家聊天。經由每位同學震驚的反應，我得到了一些關於連俞津的人物設定。

有錢人家的大小姐、長得漂亮、性格冷漠、成績優異，和葉晨總是在爭第一、二名，兩人似乎有些瑜亮情結，所以昨天換座位他們剛好被分到坐隔壁，班上的大家都覺得有好戲看了。

她最好的朋友是周逸婕，原因是謎，李凌則是高二下學期才轉學過來，並主動黏在她們兩個身邊。由於李凌和周逸婕頗合得來，因此周逸婕並不介意，而連俞津對此大概沒什麼感覺。

至於時常和葉晨混在一起的方譯平成績墊底，兩人從國小開始就是朋友，雖說他們的成績天差地遠，性格上卻是臭味相投。

葉晨的個性和我在二〇二一年認識的他一樣幼稚，只是少了那股哀愁與憂傷的氛圍，畢竟現在的他不過是個十八歲的少年，那不經意流露出憂愁的模樣，是二十年來的孤單所造成的吧。

我還是看不出來，現在正和方譯平聊得開心的他，怎麼會晚上就自殺了？

第四節課是體育課，當全體同學準備前往操場時，鄧淮之卻來到了我們教室。

「白于然是哪位？」他劈頭就這麼問，我下意識舉手。

「怎麼了嗎？」

「連俞津，妳是怎麼了？改名？」鄧淮之一臉不解。

「改名？」周逸婕驚呼。

啊，我現在是連俞津。

可是爲什麼鄧淮之會叫我白于然？

只見他晃著手上的考卷，「我改考卷時看到這張考卷上寫了沒見過的名字，而且是年級、班級、姓名都不對，我找遍二、三年級都沒這個人。連俞津，妳在惡作劇嗎？」

我內心一驚。當時寫得太順，班級姓名寫成二年十三班白于然了。

「老師，我只是想測試看看你有沒有認眞改考卷啦。」裝可愛就對了。

鄧淮之不吃我這一套，語氣嚴肅地接著說：「還考得很差，妳是因爲這樣才故意亂寫名字？想重讀高三？」

怎麼會這樣，跟YouTube上面搞笑又知性的鄧淮之不一樣。

「哈哈哈，現在就放棄聯考了嗎？」葉晨在後面大笑。

「不是啦，老師，原諒我，我只是不小心寫錯。」我說了實話，卻被當作是藉口，人生眞難。

鄧淮之下手非常狠，這次的小考就直接算我零分。不知是因爲身處於過去，還是因爲目前我的身分是連俞津的關係，這零分對我而言不痛不癢，我的心情並未受到打擊。

然而這對其它同學來說應該很嚴重，所有人對待我的態度瞬間變得小心翼翼，深怕刺激到我似的。

「鄧老師也太過分了吧。」周逸婕開口。

「對啊，是魔鬼嗎？寫錯名字扣個十分就夠重了。」李凌也附和。

而我在一旁做著暖身操，一邊說：「我剛剛瞥見那張考卷只考了十五分，扣掉十分剩下五分，那跟零分好像沒差。」

好吧，我還是有點打擊，嘗試融會貫通的我居然只有十五分的實力。

「俞津，妳今天眞的太奇怪了。」周逸婕走到我面前，雙手環胸。

「對啊，行爲態度都好怪。」李凌跟著站起來，瞇起眼睛，「像被外星人取代了一樣。」

咦？二〇〇一年流行外星人說嗎？怎麼不是說靈魂交換？還是這是之後才會流行的哏？

「話說回來，我昨天放學時看到天空有奇怪的物體快速飛過，難道就是入侵連俞津體內的外星人？」拿著籃球經過的方譯平插話。

「就說了那是老鷹，你近視爲什麼不去配眼鏡？」一旁的葉晨吐槽。

「不要破壞我的美夢啊！」方譯平將籃球丟向葉晨。

「欸，大家，打球！」葉晨俐落地接下後轉身，朝其他男生吆喝，大家迅速分好隊伍來到籃球場中央，李凌和周逸婕則自動坐到場邊，其它女生亦然。

「妳們幹麼？不去另一邊打籃球？」我拿起球籃內的籃球拍了幾下。

「體育課沒有在運動的啦。」周逸婕揮揮手。

「對呀，考試動腦已經很累了，爲什麼體育課不能好好休息，還要活動身體？」多麼理直氣壯耍廢的理由。

這一點也是二十年來都沒變，女生上體育課幾乎都只會坐著聊天，或是在旁邊看男生打球。

「不過俞津，如果妳眞的喜歡葉晨，我也可以理解。」李凌望著前方正在投籃的葉晨，「畢竟，他眞的很帥呀。」

「雖然個性很幼稚。」周逸婕大笑了幾聲，「但確實可以理解，所以說，妳眞的喜歡他？」

「我沒有啊。」

「那爲什麼妳會認爲你們在交往？」周逸婕反問。

因爲我來自未來，是未來的葉晨自己說的，還有家政老師也這麼……等等，家政老師！

對啊，家政老師二十年前也在這所學校，我怎麼沒想到去問問她！

於是我放下籃球，準備要去找家政老師，這時忽然聽見一聲：「小心！」

我嚇了一跳，下一秒，一道人影朝我衝來，我「哇」的一聲用手擋住自己的臉，預期中的痛楚卻沒有襲來。

「小心一點啦！」葉晨及時擋下了球，朝他的隊友們喊，高大的背影擋住了前方的陽光，他側過頭瞥了我，「妳也注意一下。」

「呃……」我愣住了，這種像在小說裡才會發生的情節居然降臨在我身上，近似英雄救美的行爲確實很讓人心動。

葉晨帶著球返回球場，只剩下我傻傻地站在原處。

「唉呀，這是心動的瞬間嗎？」該說是敏銳還是白目，周逸婕跳了起來抱住我的腰。

「不、不要鬧了！」我推開她。

「哇……剛才那樣眞的很帥……」李凌坐在地上讚歎。

結果我就這樣被她們兩個纏住，只得待在場邊看男生們打籃球。

中午，我趕緊前往專任教師辦公室，卻沒見到家政老師的身影，所以我隨意找了一位辦公室裡的老師詢問：「請問家政老師在嗎？」

「家政老師，哪一位家政老師？」

糟糕，家政老師叫什麼名字？有很多個家政老師嗎？印象中家政老師的名字有點像外國人，很特別。

「崔……崔老師？」

這位不知名的老師露出奇怪的表情，「如果是指崔老師的話，她外出用餐了，妳有什麼事情嗎？」

「那沒關係，我下午再來，謝謝老師。」我立刻鞠躬，離開了辦公室。

真是不湊巧，沒關係，就下午再來吧。

我往教室的方向走，有個男生迎面而來，擋住了我的路。我往右邊閃，他也靠向右邊，我往左邊，他又靠向左邊。

我抬頭瞪了對方，眼前是一張生面孔，身材並不高大，模樣清秀，頗有文弱書生的氣息。

「妳想好了嗎？」對方開口。欸？是我該認識的人嗎？可是他並不是班上的同學啊。

「想好什麼？」我反問。

「就是……我昨天跟妳說的事情。」那男生吞吞吐吐的。

「我忘記是什麼事了，你可以再說一次嗎？」

他似乎相當詫異，接著轉為憤怒。

「原來妳的決心就只有這樣？」

我一臉莫名，那男生更氣了，五官皺在一起，「妳的感情就這麼薄弱？完全不把我說的話當一回事？」

感情？所以連俞津不是跟葉晨，而是跟這個男生有感情糾葛？

假如我現在問他叫什麼名字，他會不會揍我？

「俞津！妳在做什麼？」救星登場，周逸婕和李凌拿著麵包出現在走廊另一端。

「我朋友找我。」我對那男生說，原本還想約他晚點再聊，但是他已經悻悻然離去。

「怎麼回事，那是誰？」李凌跑到我身邊，看著那遠去的人問。

「妳不認識？」我反問。

「我們該認識嗎？」周逸婕瞇眼望著對方，「我怎麼感覺沒看過他。」

她們都不認識，代表他不僅不是我們的同班同學，更不是連俞津生活圈裡的人。這就怪了，難道她眞正的地下戀人是剛才的男生，不是葉晨？

「我也不認識。」我聳聳肩。

連俞津呀，妳的人際關係實在讓我很累耶。

我們一起回教室吃午餐，周逸婕和李凌聊的內容我沒仔細聽，只是在腦中思考著這一切。

最後我認爲，怎樣都無所謂，反正八成才回來一天而已，連俞津的人際問題她明天會自己解決，我只需要做好我該做的，別讓葉晨死亡就好。他們有沒有交往、關係如何，都不關我的事。

如此決定之後，我決定好好享受這不可思議的時光。

✦

或許是一整個上午用腦過度，午休時間我睡得很熟，夢到了一個奇怪的夢。在一片漆黑之中，我看見連俞津站在我的面前，一開始我以爲是鏡子，後來才發現那是眞正的連俞津本人。

她就只是靜靜地上下打量我，整個人散發的氣質和周逸婕她們所說的一樣，冷漠、傲然，又帶著強烈的孤寂。

我開口叫了她的名字，並說道：「請把身體借我一天就好。」

她並未回應，依舊默默盯著我，我伸手想要碰觸她，距離看起來分明是那麼近，但我怎樣也觸及不了她。

終於，她的表情有了一絲變化，她張嘴，我卻倏地睜開眼睛。

「連俞津，睡得這麼熟呀？」蔡菁諭已經站在講臺上，全班同學都轉過頭看著我笑。

下午第一節課居然開始了，我從沒在午休時間睡得這麼熟過。我尷尬地一笑，擦掉嘴邊的口水，這個行爲似乎讓大家很訝異。

「妳中午不是都會偷念書？」葉晨皺著臉，他的表情還眞是豐富。

「昨天的連俞津已死，今天的我是全新的我。」我哼了聲，「不過明天的連俞津又會是昨天的連俞津了。」

「到底在供三小。」

我瞪大眼睛，趕緊舉手，「老師，葉晨說髒話！」

「哇靠！」葉晨大叫。

「好了，你們兩個很難得會這樣互動呢。」蔡菁諭笑得開心，「快翻開課本，離聯考剩沒多少時間了，我們要把握每一次學習的機會。」

全班同學安靜下來，專心在課堂上，而我逕自欣賞著蔡菁諭的美貌。美人無論幾歲都是美人，原本在YouTube影片中就很美的她，在二十年前更美，要是她跟我同年，絕對是IG網紅。

「老師，我有問題。」我舉手，正在解題的蔡菁論停下手。

「俞津難得有問題耶，什麼問題呢？」她似乎十分高興。

「老師妳現在單身嗎？」結果我的問題讓全班都傻眼了。

「這什麼騷擾人的臺詞？」周逸婕搖頭，「還好妳不是男生。」

「老師，我只是好奇。」我澄清。

「連俞津今天眞的超級怪，她是不是和誰交換臉了？跟《變臉》那部電影一樣？」李凌說的電影我沒聽過，是什麼老片？

「老師是單身喔，畢竟要花那麼多心力教導你們這群小鬼，我可是犧牲奉獻了自己的青春呢。」蔡菁論幽默地答，個性和影片中表現出來的一樣。啊啊，我眞的好喜歡她。

她現在單身，那就表示她目前和鄧淮之確實還是兩條平行線。沒辦法親眼目睹他們恩愛的場景有點可惜，不過就把我對他們的憧憬放在心裡吧。

比起其他粉絲，我已經幸運很多了。

下課前，蔡菁論臨時抽考，好險這些題目恰巧都是高二的我正在學的，對我來講不難。

下課後，蔡菁論特地把我叫過去，我好想趁機跟她要簽名，不過必須忍耐。

「俞津有空的話，能不能幫我一起把這些東西帶回辦公室呢？」她指了剛才小考的試卷。

「當然沒問題啦！」我非常樂意幫忙。

在一同走回辦公室的路上，蔡菁諭忽然開口：「俞津今天和平常很不一樣呢。」

「大家都這麼說，只有今天啦。」我哈哈笑著。

「鄧老師今天在辦公室說妳居然把名字寫成另一個人，又說妳成績失常，他很擔心。」蔡菁諭邊說邊抽出一張被她夾在課本中的考卷，那是我的試卷，「所以我特地先看了一下，雖然和妳平時的成績有一點差距，但是還好呀。」

什麼？連俞津到底多聰明，在二〇二一年，我的數學成績可是全班最高耶。

「老師妳也知道，指考在即，就算是我也會有些失常……」

「指考？多元入學方案還沒開始呢。」蔡菁諭臉色大變，「俞津，妳不會是搞錯了考試方式吧，這很……」

「啊啊，沒有，我講太快了。」我的天啊，「聯考，是聯考啦。」

「妳呀，別把自己逼太緊了，只要保持平常心，妳就能去任何想去的地方。」

她的鼓勵相當溫暖，我頓時感動不已。

「謝謝老師。」嗚嗚，我回去一定會加入頻道會員，每個月抖內。

當我把東西放到蔡菁諭的桌上時，不經意地從窗戶往下一看，竟瞧見了有點眼熟的身影。

是早上的奇怪女同學和中午的男同學，他們兩個坐在一樓花圃旁的座位區，在這裡聽不見他們講話。

「怎麼了嗎？」蔡菁諭詢問，也跟著我往下看。

「老師，妳知道他們兩個是誰嗎？」我馬上問。

「咦？」蔡菁諭張望了下，結果那兩個人正好起身離開，「我沒看到他們的臉。」

可惜了，「好吧，謝謝老師。請妳幫我跟鄧老師說不用擔心，我明天就會恢復成績優秀的那個自己了。」

蔡菁諭愣了愣，「俞津，妳今天眞的很不一樣。」

已經有N個人跟我這麼說了，我只是扯出一個微笑，離開辦公室。

下午第二節是歷史課，老師是一位年紀頗大的爺爺，語速異常緩慢，害得我昏昏欲睡，最後張開眼睛時，已經快要下課了。我趕緊坐直身體，隨即發現班上同學倒了一片。

「平常只有俞津妳會神采奕奕地聽我的課，如今連妳也睡著了，我是不是該退休了呢……」爺爺說完，黯然收拾課本離開。我的天，好有罪惡感。

這節下課是打掃時間，我根本不曉得自己負責打掃哪裡，也懶得去做，總之一切都交給明天的連俞津煩惱。

我直奔專任教師辦公室，這次很快就看見家政老師在那。哇，好年輕，年輕的時候是美女耶！

「老師！」我喊，笑著跑向她。

「哎呀，俞津，怎麼了嗎？」家政老師笑臉迎人，看來她和連俞津的關係不錯。

不過我倏地一怔，意識到自己現在並不是白于然。身爲連俞津的我來找她要問什麼？什麼都問不出來，不是嗎？

「怎麼了呢？」家政老師見我傻愣在那，再次詢問。

「沒什麼啦，高三沒有家政課，所以有點想老師。」我打哈哈帶過。

「妳在說什麼呀？跟家政課有什麼關係？」沒想到她這麼回，「我下一節就是你們班的課啦。」

什麼？家政老師二十年前不是家政老師？有這種事，可以這樣的？

「下一節是……什麼課呀？」我忍不住問。

「俞津啊，我聽鄧老師說妳今天怪怪的，看來是真的。」家政老師搖頭……不對，我不能再叫她家政老師了。

「不要聽鄧老師亂說啦，我今天只是腦子比較遲鈍。」我搖搖手指，順便偷看她桌面上的課本，眼珠子瞬間差點沒掉出來。是音樂老師！

「我最喜歡崔老師的音樂課了。」我趕緊亡羊補牢。

「是呀，我也很喜歡妳和葉晨的鋼琴合奏，今天有機會聽嗎？」無論是二十年前還是二十年後，崔老師總是能帶給我震撼的消息。

「我和葉晨一起合奏過？」這是我回到過去之後，第一次聽說連俞津和葉晨有交集。

「是呀，你們默契很好，幾個禮拜前不是在課堂上彈過？妳忘記了？」

「那當時葉晨看起來開心嗎？」

「哎呀，你們兩個無論是在音樂還是學業上，總是競爭著呢。人生的道路上有個可以良性競爭的夥伴，是一件很幸福的事情。」崔老師笑咪咪地回。

「那崔老師，我偷偷問，妳不要多想喔。」我壓低聲音，湊到她耳邊，「連俞津和葉晨，就妳看來，有在交往嗎？」

「假如是其他同學，我會要他們專心在課業上，可是妳和葉晨成績都相當優異，若是能走在一塊彼此扶持，那也不錯。不過你們有嗎？」崔老師給我的答案和其他同學差不多，「而且妳怎麼用名字稱呼自己？」

「沒什麼，謝謝崔老師。」我只能先回教室，再和周逸婕等人一起帶著課本去音樂教室。

我對音樂根本一竅不通，因此音樂課時無論崔老師再怎麼慫恿，我也沒辦法和葉晨一起彈鋼琴。最後是葉晨自己上臺彈了一手好琴，讓全班同學在準備聯考的緊繃時期，能夠擁有短暫的療癒時光。

「啊，葉晨真的好帥。」結束音樂課後，李凌陶醉地表示，眼睛只差沒變成愛心形狀。

「怎麼，妳喜歡葉晨喔。」這次是周逸婕問，李凌立刻奮力搖頭。

「說人家帥就是喜歡人家？」

「不然呢。」周逸婕說完大笑起來。

「不說了，無聊！」李凌氣呼呼的。

音樂課是最後一節，接下來就能愉快地放學，這樣的課表也太棒了吧。

我開心地想著，回教室後卻見到大家又各自就定位坐好。我疑惑地詢問一旁的葉晨：「怎麼回事，大家還不下課？」

「妳傻了？第八節課啊！」他斜眼看我，跟剛才帥氣演奏的模樣差真多。

不過我還真不曉得葉晨會彈鋼琴，怎麼二〇二一年的他沒說過呢。雖然說了也沒用就是，空中花園又沒有鋼琴。

「第八節課？大家都一定要參加？」連俞津有參加嗎？

「妳在講什麼，我們都要聯考了，還不參加？」葉晨又用看到神經病的語氣回答。

「不是可以自己決定要不要參加？」我再次驚呼。二〇二一年的我可是沒參加的，老師又不會教新進度。

「懶得跟妳說。」二〇〇一年的葉晨也太沒耐性。

原來還要留到第八節，眞是晴天霹靂。

但就算有第八節課，也是五點就放學了，之後的兩個小時葉晨和連俞津躲在學校裡面做什麼？

而且他們平常沒什麼交集，完全不像有一起自殺的可能，我眞的搞不懂。

第八節課是考試，有夠無聊，我根本不曉得自己寫了些什麼，就這樣等到下課鐘響。

同學們魚貫而出，周逸婕和李凌她們還要去補習班，飛快地離開了，而我則觀察著葉晨。他正慢呑呑地收東西，一邊和方譯平聊天，連帶我也只好慢慢收拾。

好不容易等他收完東西離開教室，結果他有夠沒同學愛的，居然沒對我說再見。我連忙背上書包，偷偷跟在他和方譯平後面，一路沿著走廊來到樓梯口，再走下樓抵達校門，只見葉晨就這樣走了出去。

他離開學校了，並沒有在校內逗留？

所以他是怎樣，晚點會再跑回學校自殺？

我繼續保持一定的距離跟著他們，過了兩個路口後，方譯平和葉晨說了再見，轉向左邊那條路，葉晨則朝右邊走。我迅速追上去，深怕跟丟了他，但一拐過轉角便看見葉晨停在原處。我嚇了一跳，以爲自己被發現，趕緊往後一縮。

葉晨從書包拿出一個圓形的物體，接著插上了有線耳機開始聽。我知道那是什麼，CD隨身聽，古董貨。哇塞，我也想聽聽看音質！

葉晨哼著歌，聽著音樂繼續往前走。

他沉浸在音樂之中，因此注意力也鬆懈了，於是我能更靠近地跟蹤他，甚至還能隱約聽見他哼著的歌曲，和稍早他在音樂課彈奏的一樣。這是什麼歌呀？

下一個轉角，葉晨左轉進去，我過了一會才探頭，只見葉晨進到了一棟華廈。他回家了。

我鬆了一口氣，又無法完全放心，據未來的崔老師所說，警衛是在晚上七點多巡邏時發現了倒在空中花園的連俞津，之後才驚見葉晨墜樓。

所以我至少得在這待到八點，確認葉晨都沒有離開家，才能免於葉晨的死亡，而若他這段時間再次出門，我就要死纏活纏，不讓他去學校。沒錯，我的計畫就是這樣。

我看了一下手錶，現在是五點半，還有兩個半小時。

嗯，我應該先去買晚餐才能站哨，反正他才剛回家，不會那麼快又跑出來。

來到巷子口，我進了一家超商購買糧食。

架上有熟悉的御飯糰，不過沒有我最愛的烤地瓜，也有一些二〇二一年依舊買得到、但包裝已經不同的飲料，以及好幾款我不認識的飲料。有款飲料叫什麼Qoo的，包裝上還有隻奇怪的吉祥物，因爲特別不一樣，所以我買了下來嘗鮮。

這時我才意識到，即使二〇〇一的臺北不比二〇二一年繁華，其實也沒有想像中的差距那麼大。二十年的時光聽起來很長，實際上卻不然。

急忙回到葉晨家門外，我一邊吃著食物一邊等待，不久便後悔買了飲料，害我爲此憋尿憋了一個小時。這時就覺得還是二〇二一年好，至少超商有廁所。

總之，我憑著意志力撐到了七點四十幾分，就算葉晨現在跑去學校，也來不及在八點前跳樓。

我已經成功改變了過去，雖然好像沒做什麼事，至少葉晨沒死，而我也該快去找廁所了。

只是有個大問題，就是早上我是由沈叔送到學校，並不確定連俞津家要怎麼用走的回去，而且身上的錢也不夠搭計程車。結果在速食店上完廁所後，我花了將近兩小時才慢慢找到路回家，這時候已經快十點了。

遠遠就看見她家外頭有許多人，每個人都焦急無比，應該是她爸媽的人慌張地衝了過來，緊緊擁抱住我。

一旁的沈叔和珠姨也十分慌亂，沈叔還說著：「小姐，妳說要散心時我就擔心了，如果是老樣子的話……」

「小津！妳讓我擔心死了，媽再也不會阻止妳做任何事了，妳想怎麼樣都可以。」她媽媽的身子顫抖個不停，那恐懼無助與擔憂全都傳達給了我。

哎呀，連俞津，妳真是傻。

要是妳自殺了，就看不到這些了。

感謝我吧，我救了妳和葉晨，希望在未來的人生中，你們兩個都能夠好好地活下去。

而葉晨……我有點難過他會完全忘記我的存在，因爲他活下來了，這樣未來我們就不會相遇，他也不會告訴我那些奇幻的故事……

忽然間，我想到了一個矛盾的地方。要是未來我不會遇到葉晨，現在的我又怎麼會回到過去？

這應該是很重要的關鍵，可是我覺得好睏，意識已經有點朦朦朧朧。

在恍惚之間，我彷彿又見到那魔幻的月亮，它在一片漆黑之中散發著銀白光芒，那些光宛若流動的星辰一般，圍繞在月亮的周圍，反覆地擴散再凝聚。

我感受到一片祥和，卻無法安心下來。

月亮呀，你美得令人屏息。
又叫人害怕。

第六章

我覺得呼吸困難，身軀沉重，這種感覺十分討厭，難道穿越都會伴隨這種身體疼痛？

像在水中載浮載沉似的，我想探出頭呼吸，但胸口猶如被壓著一般無法動彈。我發出聲音，試圖引來爸媽注意，可是下一秒就感到身子往下墜落。

我倏地睜開眼睛，接著心一沉。

這不是民宿房間或我的房間的天花板，而是連俞津的房間。

我還沒回去二〇二一年？我還在這？為什麼？我不是拯救了葉晨嗎？我成功改變了過去，不就該回到未來了？

此時我想起葉晨曾說過的那些故事，有些回到過去的人，是從返回的那一年開始重新活過一次。

想到這裡，一陣絕望襲來。

那些人至少是重新過自己的人生，可我是在別人的身體裡啊！要是我眞的用別人的身體活下去，那原本的我去哪了？

吃力地從床上爬起，我口乾舌燥，也湧起了想哭的衝動。外頭天色已亮，我來到窗邊看著陽光普照，心情卻無法被照亮。

我嘆氣，只能以連俞津的身分再活一天了。

算了，就當作是確認葉晨有沒有好好活著吧……

頓時，我的心臟一縮，發覺自己忽略了一個問題。

如果葉晨的死是命中注定，那會不會就算我昨天拯救了他免於跳樓自殺，今天他依然會用別的方式死亡？

許多小說、電影、漫畫中，不都有類似的劇情？會死就是會死，只是可能用不同的方式死去。

無論我阻止多少次，他還是會走上一樣的路。

想著，我寒毛直豎。要是葉晨昨天在我離開後才去跳樓呢？我只阻止了連俞津的自殺，而葉晨還是死了嗎？

我想用手機上網查詢有沒有新聞，又想起自己沒手機。

就在這時候，我注意到一旁的梳妝臺上放著一封信。

爸爸、媽媽：

很抱歉，我要先走一步了。

你們知道原因，不過我猜，在我死了以後，你們又會粉飾太平吧？會動用一切人脈隱藏我自殺的眞正理由。

謝謝你們生下我，給我富足的生活，讓我對於自己的「不知足」和「不孝」抱持著罪惡感。

請你們在最後能夠實現我的一個願望，那就是別救我。

俞津

我整個人如遭重擊。現在是還在夢裡面嗎？怎麼這封遺書還在？我明明昨天就撕掉了。

「咳咳……」我忽然一陣猛咳，摀嘴時摸到了嘴角的溼潤，是一層白色泡沫。我來到鏡子前，嘴角和昨天一樣帶著白沫，床頭櫃上也一樣有黃色藥罐。

這是怎麼回事？我眞的毛骨悚然了。

「小姐，您今天怎麼這麼早起？」

門被敲了兩下後打開，是珠姨，我立刻問她：「珠姨，今天是幾月幾號？」

「今天是五月七號呀，小姐，您睡糊塗啦？」珠姨笑了聲，「要爲您梳洗嗎？」

五月七號……我……又要重複過同一天？

我愣在原地，而珠姨疼惜地看著我：「小姐昨日和先生夫人大吵了一架，如果今天想要請假的話，我去幫您和他們說。」

「不用，珠姨不用了。」我有些顫抖，「我想先去洗澡，然後準備去學校。」

「確定嗎？」

「嗯，珠姨，我等等自己來就好，妳先去忙吧。」

她看起來仍舊很擔心，不過還是離開了房間，而我走到椅子邊拿出書包裡的BB.CALL，看著上頭的那組電話號碼。這一次我注意到了昨天沒發現的細節，收到訊息的時間是凌晨三點多。

「44575453。」

我複誦這串數字，決定晚點要去問其他同學這是什麼意思。

迅速沐浴完準備好一切，我在餐廳吃了和昨天相同的早餐，就要離開家。珠姨跟昨天一樣叫住我，並說：「先生還在睡，夫人在庭院用早餐，小姐要去向她打招呼嗎？」

「不用了。」有夠可怕，她昨天講過一模一樣的話。

到了外頭，果不其然沈叔也用跟昨天一模一樣的姿勢站在轎車旁等我。

「沈叔早安。」我主動打招呼。

「早安，小姐，請上車吧。」沈叔對我微笑。

上車後，沈叔開口：「小姐，今天要去接您嗎？」

咦？這邊怎麼和昨天不同，昨日沈叔都沒說話，今天卻主動寒暄了？

「啊，今天不用。」我頓了下，想起昨天他們誇張的反應，因此我把理由改成：「老樣子，沈叔你懂的。」

「好，沒問題。」我從車內後視鏡看見沈叔瞇眼著微笑，雖然還是不清楚所謂「老樣子」的理由是什麼。

「沈叔，你有時候會跟我聊天，有時候不會，是爲什麼呢？」

「這不是小姐之前和我的約定嗎？只要小姐早上主動打招呼，就表示心情好，可以聊聊。如果小姐沒主動道早，那就是小姐需要安靜。」沈叔溫和地回答，原來是這樣。

能做這種約定，還能共同擁有所謂「老樣子」的祕密，顯然沈叔和連俞津的關係不差，或許他會曉得一些事。

「早上珠姨說，我昨天和爸媽大吵了。」我頓了頓，「沈叔知道原因嗎？」

「大概是一樣的事情吧。」沈叔從後視鏡瞧了我一眼，「小姐說過總是吵一樣的事，不過從來沒告訴我是什麼事呢。」

「那珠姨知道嗎？」我又問。

「這我就不清楚了，我們並不會彼此討論。」沈叔嘆了口氣，「我們當員工的就是要閉緊嘴巴，也不能好奇多問，唯有如此才能待得長久。」

「但是我喜歡跟沈叔聊天。」我說。

「謝謝您總是這樣說，小姐。」沈叔顯得十分開心。

看樣子，連俞津的確和他感情還不錯，只是依然沒有告訴他太多內情。

抵達學校後，我已經知道教室在哪，便直接來到三年二班，而坐在門邊的周逸婕轉頭。

我正想開口說早安，她卻別過頭，盯著自己桌面上的課本。

她沒發現是我嗎？昨天不是有打招呼？而且不是好朋友嗎？

「周逸婕，早安。」我主動打招呼，她瞪大眼睛再次轉了過來。

「妳在跟我說話嗎？」她的聲音很小，一副不可置信的模樣。

「對呀，我不是都叫妳的名字了。」我皺眉，覺得有些好笑，然後來到自己的座位。

當我就定位後，不經意抬頭，竟見到周逸婕淚眼汪汪地瞧著我。這是什麼奇怪的反應，和昨天完全不一樣。

話說回來，我還真快就接受又重複同一天的事，不過我都穿越到二〇〇一年了，還有什麼不可能的呢。

我明明阻止了葉晨的死亡，卻依舊得重來一次，那代表一定有什麼是我沒做到或沒做對的，是什麼？

這時，我忽然想到那組手機號碼跟數字。

「早安！」李凌的聲音傳來，周逸婕立刻回頭，「李凌，妳漫畫到底是要不要還我！」

「啊！我忘記了，明天一定帶！」李凌雙手合十。

「欸欸，我問妳們。」我走到她們身邊，李凌頓時露出訝異的表情。

「哇，俞津居然會主動來搭話！」

「好啦好啦，我明白我的人設是冰山美人不苟言笑，但今天我是活潑的連俞津。」我一口氣說完，換來她們更誇張的反應。

「俞津，妳怎麼回事！今天怪怪的耶！」

「難道不舒服嗎？」

她們兩個驚愕地說，差不多的事情和反應又得再經歷一次實在很煩，所以我決定無視她們所說的話，直接在周逸婕的課本空白處寫下BB.CALL顯示的號碼，「妳們知道這支電話是誰的嗎？」

她們看了一下後搖頭，「不是我的。」

「也不是我的。」李凌聳肩。

「妳們電話幾號？」我問。

「天啊，我們都當朋友這麼久了，妳居然沒有把我們的電話背起來？」

「反正都存在手機裡面，幹麼要背？」

「妳爸媽買手機給妳？也太好了吧！」李凌驚呼。

「手機不就……」我頓了一下，差點忘了這是個手機是稀有品與奢侈品的年代，「沒有，我只是幻想自己有手機。妳們把電話寫在這吧。」我從書包隨便拿出一本課本給她們，以防萬一，我決定先背下她們兩個的電話。

「妳真奇怪。」李凌雖然這麼說，還是寫上去了。

接著我又問：「那44575453呢？」

「4457應該是那個吧。」周逸婕瞧了一眼李凌，李凌點點頭，接著兩個人異口同聲說：「速速回機，快回電的意思。」

原來是諧音，「那5453呢？」

「這就不曉得了。」李凌聳肩。

「會不會是署名？」周逸婕說，「像我如果要CALL別人，就會備註5417，代表我是逸婕。」

「那5453是誰？」我疑惑了。

「要問妳呀，我們怎麼會知道？」李凌大笑。

「打回去看看啊。」周逸婕提議，問題是我沒有手機啊！

「沒手機很不方便。」我有些喪氣，要是在二〇二一年，我直接發個限時動態問「昨天誰找我？」就好了。

「難道妳爸媽眞的要買手機給妳？妳又不是要做生意，不需要吧！」李凌驚呼。

我心想，二十年後可是人手一機呢，有些人還有好幾支手機。

「妳們好吵，遠遠就聽見妳們的聲音。」方譯平從教室後門進來，昨天倒是沒有這一段。

啊，昨天沒遇到這件事，是因爲這時候我跑出去找葉晨了。

我回過頭，果然葉晨不知何時已經進了教室，坐在位子上了。

「葉晨，早安啊！」方譯平過去和他打招呼，而我看著葉晨，百感交集。他雖然活著，卻也不算是活著。

唉，我覺得失落感好重。

總之，今天要做原本沒做過的事，用不同的方式阻止葉晨的死亡，或許這樣子就能回去未來了。

「葉……咳咳！」我轉過頭想跟葉晨打招呼，卻驀地一陣胸悶難耐，頓時咳個不停。

「哇，妳還好吧！」周逸婕趕緊關心我。

「喝水喝水。」李凌跑到我的座位拿了水壺衝過來。

我咳得快要流出眼淚，怎麼會忽然這麼難受？

周遭的同學們都看過來，而我用眼角餘光瞧見葉晨好奇的眼神，於是連忙喝了幾口水潤潤喉嚨，霎時又呼吸暢通了。

「沒事了、沒事。」我安撫她們兩個，正打算過去和葉晨說話時，鄧淮之就進來了。

啊，第一節課要考試。

這次我沒再把名字寫成白于然，只是雖然考過一次了，但當時並沒有對答案，所以我還是不知道答案，大概又會考得很爛。

能再上一次鄧淮之的課是種享受，不過這回我沒講奇怪的話，因此他也沒和我有什麼接觸，上完課就離開了。

一下課，我馬上抓住葉晨的手腕，他嚇了好大一跳，瞪大眼睛，「妳幹麼！」

「欸，你最近有什麼煩惱嗎？」

「妳在講什麼啊。」葉晨想甩開我的手，我早就料到他會這樣，抓得緊緊的，「欸，連俞津，放手喔！」

「你如果有煩惱可以跟我說，我很願意聽。」或許我該先了解葉晨自殺的理由。

「我的煩惱就是妳不放開我的手啦！」葉晨大喊，引來了其他人的注意。

方譯平興奮地跑過來，「怎麼了怎麼了，談戀愛？」

「哪裡看起來像是談戀愛？」葉晨翻白眼。

「怎麼看都是連俞津主動喔。」方譯平賊笑。

「你們今天放學有要幹麼嗎？」我問。

「沒啊，要回家。」方譯平不懷好意，「怎麼了，想跟葉晨約會？」

也對，他們昨天也是直接回家。

「你知道葉晨最近有什麼煩惱嗎？」我依舊抓著葉晨的手腕，嘴上卻是問方譯平。

「俞津，妳在做什麼？」李凌她們湊了過來。

「葉晨，你有煩惱嗎？」方譯平皺眉。

「有，有個瘋女人不放開我的手。」葉晨還在甩著手。

「我不是瘋女人。欸，葉晨，借一步說話。」說完，我拉著葉晨往外走，他在後頭驚呼：「妳的力氣怎麼會這麼大！我居然掙脫不了！」

葉晨並不是裝的，他拚命地甩著手，可是我沒特別使勁，況且我的力氣跟一般人一樣啊。

我一路拉著他往空中花園的方向走，還能聽見班上的同學們在後面起鬨。來到空中花園，我發現這裡的景色一如我記憶中那般，只是花更多、更美。

「連俞津，妳到底想做什麼！」葉晨似乎眞的生氣了，非常用力地甩開我。

此刻空中花園裡沒有其他人，眞是奇怪，難道以前大家不流行來這邊？

「我不是連俞津。」我轉頭對他說，「我是白于然。」

「啊？」葉晨張大嘴。

「我來自二〇二一年，我和你在空中花園相遇，然後你告訴我向月亮許願的事情，我許願後就回到了二〇〇一年。」接著，我一口氣把前因後果大致告訴他，當然也包含最重要的那件事，「今天晚上，你會在這裡跳樓，從此徘徊二十年，只爲了再見連俞津一面。」

一陣風吹過，連俞津的短髮在風中飛揚得張狂，而葉晨的眼神流露出嘲諷，「妳發瘋了嗎，連俞津，考試的壓力太大？」

「我是說眞的！」我當然沒指望葉晨會馬上相信我，只是這樣很不公平，在未來我可是相信了葉晨說的話，雖然也沒有當下就信，至少我沒像此刻的葉晨這麼白目。

「什麼來自未來，又什麼靈魂穿越的，妳能舉出任何未來會發生的事證明嗎？」

我點點頭，又搖搖頭，「二〇〇一年我甚至還沒出生，也不清楚這一年發生了什麼事。可如果舉出更遠的未來所發生的事，又不能立刻驗證。」

「哈！可笑！」葉晨看了一下後方，「還說我會自殺，我活得很快樂好嗎，完全沒有自殺的理由。」

沒有自殺的理由？

那爲什麼……

「而且，我跟妳也沒談戀愛，還什麼殉情！我們根本沒講過什麼話，妳需要看醫生。」說完，葉晨就要離開。這傢伙嘴巴眞是壞，二〇〇一年的葉晨有夠討人厭。

「等一下，我知道蔡菁諭和鄧淮之以後會結婚！」我趕緊拉住他，還是說了個現在的他無法理解的未來事件，「他們會成爲擁有百萬訂閱的夫妻檔YouTuber！」

「那是什麼鬼？」

「就是、就是，未來會有個叫YouTube的影片分享平臺，自行發想各種主題並拍攝影片上傳到YouTube的人，就叫做YouTuber。很多網路上的紅人都是YouTuber。」沒想到有一天我還要跟人家解釋什麼是YouTuber。

「妳病得眞的不輕。」

「等一下，葉晨！我已經過第二次今天了！」

「我不想再聽妳說任何廢話。」葉晨嫌惡地看著我，「我是講眞的，妳需要尋求幫助，去輔導室吧。」

我眞的很想揍他一拳，也不想想我是爲了誰才回來！

頓時，我覺得好想哭，我一個人來到陌生的過去，唯一熟悉的就是葉晨，但他卻不認得我，還不相信我！

「葉晨，你這個王八蛋！」於是我衝過去飛踢他，對，飛踢。

葉晨整個人往前撲倒，還滑稽地「哇」了一聲，不過很快就爬起來。想當然耳，他非常生氣，他轉過身瞪我，看起來就要口無遮攔地罵我時，卻愣住了。

「欸，我什麼都還沒說耶。」他顯得有點委屈。

「因爲你很過分！」我居然哭了。之前即便因爲吳俞凡的事和林可筑鬧翻，我也沒哭，如今卻哭了。

連俞津啊，是不是妳的淚腺太脆弱了？

「妳踢我耶，惡人先告狀。」礙於女孩子在他面前掉眼淚了，葉晨一副有苦難言的樣子。

「好好聽我說話有這麼難嗎？爲什麼要對我那麼兇？在未來我可是連身爲鬼的你都不怕，還跟你聊天耶！」

「妳詛咒我變成鬼魂徘徊在學校，還說我今天會自殺，我有辦法好好跟妳說話嗎？」葉晨氣呼呼地反駁，有夠沒度量。

「我講的是事實啊！」我大叫。

「妳像個瘋子！」他再次惡狠狠地罵。

「你是沒有其他罵人的詞彙了嗎？」葉晨大概不太會吵架，「那就當作我眞的是瘋子，你不能安靜一下聽我說嗎？」

「……給妳一分鐘。」

才一分鐘，葉晨這個小氣鬼。

「好，我從二〇二一年來到二〇〇一年，是爲了阻止你自殺，但不曉得爲什麼跑進了連俞津的身體裡。昨天我已經阻止你死去，原本以爲會順利回去未來，沒想到醒來後發現今天還是五月七號。爲了證明今天所有一切我都已經經歷過，我可以告訴你下午會發生什麼事，蔡菁諭的課，下課前會臨時抽考。」我再度一口氣說完，應該花不到一分鐘。

「臨時抽考沒什麼稀奇的。」葉晨不以爲然。

「那我可以跟你說題目。」其實我只記得一題，因此就只告訴他那題而已，「蔡菁諭會直接把題目寫在黑板上，不是發考卷，所以不可能是我先偷看過試卷，這樣就可以證明了吧？」

「也有可能是別班之前考過了。」

我翻白眼，「那你可以去確認啊！」

葉晨揉了一下鼻子，「妳剛剛踢我的事，我一定會討回來。」跟一個女生講什麼討回來，眞是的。

他說完後就轉身離開，剩我一個人在空中花園，我回頭瞧了一眼周遭的擺設，相較於二〇二一年，現在的長椅數量比較少。

我彷彿可以看見二〇二一年那個性格比較沉穩的葉晨，正在長椅上跳躍著。於是我模仿他，也踏上長椅，雙手往兩側水平伸展，感受著風的包圍。

「瘋子，上課了。」沒想到葉晨還沒離開，他站在空中花園的入口看著我，「妳會摔死。」

「二〇二一年的你都是這麼做的。」我聳肩，從長椅上跳下來，跟著眼前的葉晨返回教室。

第二節課是英文課，跟昨天一樣，沒什麼特別的，只是葉晨時不時會偷看我，導致下課時李凌跑來問我：「妳和葉晨怎麼了嗎？」

「你偷看我明顯到坐在前面的李凌都發現了。」我告訴葉晨，他又翻我一個白眼。

第三節課是公民課，老師讓我們自習，昨天我都在和周逸婕與李凌聊天蒐集情報，今天我則是翹腳問葉晨：「你相信我了嗎？」

「又還沒到蔡老師的課。」他再次翻白眼。

「你聽過有人翻白眼翻到黑眼珠回不來嗎？」

「屁啦。」葉晨雖然這麼說，但後來感覺收斂了許多。

「你跟二〇二一年時的個性差很多，不過想想也是，那時候的你眞實年齡應該要三十八歲了……」話到此處，我停頓下來。

我一直二〇〇一年、二〇二一年地說，也明知道自己是回到二十年前，可是在這個瞬間，我才意識到自己和葉晨的年齡差距。

要是他二〇二一年還活著，就三十八歲了呢。

是個該結婚生子、成家立業的年紀。

我驀地悲從中來，眼前這名少年會永遠都是這個模樣，他的時間在今天以後就暫停了。

就如同我的時間也暫停在了今天。

「妳發什麼呆？」他抬手在我面前晃。

「沒什麼。」我別過頭，想掩蓋哽咽的嗓音。

「你們很可疑喔，今天居然一直在聊天。」方譯平湊了過來。昨天沒和他說到什麼話，我對他不是太了解，只曉得是個喜歡瞎起鬨的人。

「你有空在這邊亂，怎麼早上沒空幫你媽準備拜拜用的東西？」葉晨原本又想翻白眼，然而似乎想起了我剛才講的話，眼珠子上翻到一半忽然停住，我不禁偷笑了下。

「我早上就急著買早餐，我媽自己明明有時間弄，卻每次都要叫我幫，很煩耶。」方譯平一邊抱怨一邊搖頭晃腦。

出於好奇，我探問：「什麼東西？」

「我家開寵物店啊，初一十五都要拜拜，我上學都來不及了，哪有空陪她去市場買水果啦。」

「那你也會照顧小動物嘍？眞羨慕，每天都可以看到可愛的寵物。」我一邊說，一邊感覺哪裡不太對勁，「初一十五？今天是初一還是十五？」

「今天農曆十五啊。」方譯平聳肩。

「十五是月圓……對吧？」我心跳加快，這一切不會太湊巧了嗎？

「妳這已經不是高一地球科學沒學好，而是基本知識不足。」方譯平吐槽，果然和葉晨是好朋友，嘴巴一樣壞。

昨晚我昏睡前所看見的月亮，原來不是夢？

這時我才想起，二〇二一年的葉晨跟我說過，他跳樓的那天就是月圓之日。

體育課時，一如昨日，葉晨他們在打球，我們三個女生坐在旁邊看，李凌又問我今天怎麼這麼反常，和葉晨有那麼多話能聊。

「幹麼，妳喜歡葉晨喔？」雖然和昨天的狀況不同，周逸婕還是問了一樣的問題。

「沒有啊，我就只是問一下。」李凌的回答也和昨天差不多，不過我總覺得怪怪的。

「不喜歡的話，爲什麼要在意他們聊什麼？」周逸婕追問，表情似乎有點嚴肅。

「奇怪，我不能問一下嗎？俞津平常不太跟人聊天，而且她和葉晨是競爭關係，今天卻一直拉著葉晨跑來跑去的。逸婕，妳不覺得不對勁？俞津根本不太會跟人肢體接觸啊！」

周逸婕瞥了我一眼，接著小聲說：「是有一點……」

奇怪了，這邊的發展也跟昨天不一樣，明明是差不多的話題，感覺卻大不相同。

「嗯，我昨天放學時看到天空有奇怪的物體快速飛過，大概是外星人寄宿到了我的體內，所以我才會怪怪的。」我把之前聽到的事拿來說。

「咦？連俞津！妳昨天也有看到飛碟？」結果籃球場上的方譯平立刻停下動作，大聲問我，「看！葉晨，我就說了是外星人，不是只有我看到！」

「都說了那只是老鷹，你們如果都近視就去配眼鏡。」葉晨的反應跟前一天大同小異，不同的是，他瞥了我一眼，才旋過身繼續打球。

「眞的好奇怪，或者是葉晨喜歡妳？」李凌又出聲。

「我現在倒覺得是妳喜歡葉晨。」我把話題轉回她身上，拿起籃球往另一邊的球場去。

與此同時，胸口冷不防傳來強烈的壓力，我瞬間無法呼吸，猛然大聲咳嗽，像嚴重嗆到那般。但這份痛楚很快便消失，身體恢復正常，宛如剛才什麼也沒有發生。

中午的時候，我再次夢見了連俞津。

連夢也會複製昨天嗎？

正當我以爲她會跟昨天一樣只是靜靜看著我時，她開口了：「妳得快走。」

「妳說什麼？」話說出口，我一愣。是我的聲音，不是連俞津的聲音。

我趕緊摸了自己的臉、頭髮和身體，是我自己，是白于然，不是連俞津。

在這個夢境中，我是我，她是她。

「不然，妳也會死的。」她說得緩慢，而我倒抽一口氣。

「這是什麼意思？爲什麼我也會死？」忽然，我靈光一閃，「難道和葉晨一起死的不是妳，是我？」

連俞津露出疑惑的神情，接著張嘴：「我已經死了。」

我睜開眼睛，冷汗直流。

從桌面上抬起頭時，我的心臟還狂跳不已。

剛才那個夢是什麼意思？那是眞正的連俞津嗎？或者只是一個夢？

不，那絕對是眞正的連俞津，可是爲什麼？她說的那句話是什麼意思？

「妳怎麼回事？動作這麼大。」葉晨丟了包衛生紙過來，我怔了怔，轉過頭看他。

「我……」我不明所以地瞧著那包衛生紙，他指了一下自己的額頭。

「妳睡到滿頭汗，做噩夢？」

我有些口乾舌燥，伸手抽了張衛生紙擦去額頭的汗水，「我有發出聲音嗎？」

他把食指放在嘴唇前示意我注意音量，我才發覺現在還是午休時間。

「一點點。」葉晨說著，將視線轉回桌上的課本，他居然在寫數學題目，「因爲妳說會抽考。」

「你不是不信？」我忍不住一笑。

「我這叫以防萬一。」葉晨故作面無表情的模樣有點可愛。

這時候，我注意到趴在桌上的李凌並未睡著，正透過手臂間的縫隙偷看著我們這個方向。

我對這種狀況很熟悉，剛和吳俞凡認識時，有次午休經過他們班的教室，也曾見過他如此偷看著我。

原來李凌喜歡葉晨，對於這一點我有百分之七十的把握。

鐘響了，我打算去一趟廁所洗把臉，結果在走廊上遇見了昨天那個怒氣沖沖的男同學。

他似乎是特地過來找我，筆直走到我面前後便問：「妳想好了嗎？」

跟昨天一樣的問題，但我不能回答和昨天一樣的話。

「我還在考慮。」

「妳還考慮？我所說的方法就是最好的選擇！」他壓低聲音，卻激動無比。

「有許多因素要考慮。」我努力想著該怎麼說才不會顯得不自然，「否則早就解決了不是嗎？」

他一愣，思索著我的話，可是很快又開口：「哪有時間慢慢想其他方法。」

「難道你昨天說的就是最好的方法？」快啊！我這個笨腦袋，快套出他到底和連俞津說了些什麼！

「我不是說了，那就是最好的方法！」他看起來又快生氣了，「妳還要考慮多久？」

「你再詳細告訴我一次你的提議。」我咬著唇，「也許多給我一節課的時間考慮。」

他深吸一口氣，「連俞津，和我在一起就是最好的選擇。」

這下子我瞪大眼睛。所以他喜歡連俞津？以談話的內容來看並不像啊，那他又為什麼要提議在一起？

「我認為不是。」於是我這麼回答，「我現在要跟你說，我拒絕。」

他瞪大眼睛，「連俞津，妳根本沒能力解決。」說完，他轉身就離開。

我又忘記問他的名字了。

不對，我知道還會在哪裡看到他，等等和蔡菁諭去辦公室就可以了。

「好了，我們要臨時抽考喔。」數學課下課前的十分鐘，蔡菁諭果然如此宣布，葉晨那目瞪口呆的模樣實在很經典。

「就說了，我沒說謊。」

「還不曉得呢。」葉晨拿出測驗紙，緊盯著蔡菁諭在黑板上寫下一道道題目，直到出現我上午告訴他的那題。

哇，看到外星人大概就是那種表情了吧。

下課後，葉晨想過來和我講話，而我向他示意晚點再說，因爲我有其他事情要做。

「老師，我幫妳拿去辦公室吧。」我自告奮勇地跑到了講臺邊，並逕自拿起那疊考卷。

「哎呀，俞津難得這樣，我就恭敬不如從命啦。」蔡菁諭果然很可愛。

「蔡老師，妳有喜歡的人嗎？」我趁機探聽她的感情生活。

「怎麼能問老師這種私人問題呢？」蔡菁諭微微嘟嘴，「我的青春都……」

「都奉獻給我們了，我知道啦。但老師自己的青春時代呢？」

「我的青春時代啊……」蔡菁諭垂下目光，很快又給我一個微笑，「就是和大家一樣，有歡笑有淚水也有遺憾呀。」

好吧，再怎麼說，老師也不可能向學生吐露太多心聲。

踏入辦公室，我跑到蔡菁諭的座位旁，從窗戶往下一望，果然瞧見兩個熟悉的人影。

對了，昨天早自習時那個女生明明站在我們教室的前門，今天怎麼沒看到……不對，是因爲今天我待在教室和周逸婕她們說話，所以沒注意到她。

現在不是思考這個的時候，我趕緊喚了蔡菁諭，「老師，下面那兩個人是誰？」

「咦？」蔡菁諭湊了過來，「女同學我不認識，不是我教的學生。男同學是六班的張偉宸。」

我握緊雙拳，三年六班的張偉宸，總算確認名字了。

「怎麼了嗎？」

「沒事啦。謝謝老師，那我先走了。」

回到教室，只見葉晨雙手環胸坐在位子上沉思，而李凌和周逸婕喊了我，要我過去看什麼東西，葉晨卻叫住我：「連俞津，過來。」

過來？喊狗嗎？

「怎樣？」我還是過去了。

「我承認妳說的話可能有幾分眞實性。」

「你嘴巴還眞硬！」我忍不住抱怨，一邊坐回位子上對他說，「今晚是滿月。」

「所以？」

「我說過，未來的我是透過向滿月許願來到這一年的，你今晚也可以許願看看，就明白我說的是眞是假了。」

「我才不要。」葉晨嗤之以鼻，「有夠愚蠢。」

「你可以許願身體健康，長命百歲。」這樣子就能確保不會死掉了。

「不想。」葉晨瞇眼，「我可以向妳保證，我絕對不會自殺。」

「口說無憑，你給我手機號碼，今天晚上我要和你通電話，直到你原本死亡的時間過去了才行。」

「什麼手機號碼？而且妳這樣講有夠可怕。」

差點忘了這是手機不普及的年代，「那給我你家電話吧。」

「我才不要。」

「你欠我的！」我瞪他。

「欠什麼啊！」葉晨一副我不可理喻的樣子，但還是把家裡電話寫給我了。

「你們今天互動很頻繁喔，怎麼回事？」周逸婕和李凌湊過來。

「我和葉晨平常到底是多想殺了對方，才會多說幾句話都被大家過度關注？」

我特意提高音量，同學們聞言面面相覷。

「也沒這麼誇張，只是妳平時眞的獨來獨往。」

「也很少待在教室。」

「除非被老師點名回答問題，否則幾乎一整天都不會講話。」

「甚至也不太會回應周逸婕和李凌。」

哇，連俞津，妳到底怎麼回事？

因此我又講出那句話：「昨天的連俞津已死，今天的我是全新的我。」

至於明天的連俞津會不會是原本的連俞津，或者還是我，那就是未知數了。

音樂課時，跟昨天一樣，大家拱我和葉晨合奏，不過我拒絕了，葉晨獨自上臺彈了相同的曲目。

開場是一段沉穩的旋律，接著是輕柔而緩慢的樂音，我總覺得有點熟悉，又說不上來是哪裡熟悉。閉上眼睛，彷彿能看見一條發光的銀河，我踏出腳步，宛如赤腳在銀河上跳舞。

演奏結束，全體同學熱烈鼓掌，我睜開眼睛，葉晨帶著自信的笑容站在眼前，還對我抬起下巴，彷彿在說「看，我比妳厲害」。

這幼稚的樣子讓我不禁一笑。

「你跟我比做什麼？我又不是連俞津，我是白于然，我根本不會彈鋼琴。」下課後，和他並肩走在回教室的路上，我這麼對他說。

「妳的個性確實和連俞津很不一樣，可要相信妳是另一個人，我還沒那麼蠢，說雙重人格我還比較信。」葉晨一手拿著音樂課本，另一手插在口袋。

「欸欸，你們在講什麼？」方譯平從後頭跟上。

「只是在講連俞津今天輸了，沒接受我的鋼琴挑戰。」葉晨隨口回。

「上次你和連俞津合奏什麼？」我問。

「卡農，不是我要說，真的很好聽，你們再彈一次啦。」方譯平慫恿。

「我不會彈，沒辦法。」我誠心拒絕。

「好喔，這麼機車的態度很連俞津。」方譯平只以爲我是不想彈，「妳們女生眞的很奇怪。」

「怎麼了？不彈也不行？」

「不是，妳和周逸婕不是昨天才吵架嗎？」

我愣了愣，連俞津昨天和周逸婕吵架？

「在哪裡吵？吵什麼？」

「在公園啊，我帶店裡的狗放風時正好看到，妳們吵得很凶耶，一般女生那樣友情不是就破碎了嗎？只有男生能隔天就像沒事一樣講話吧。」方譯平說，而我一點頭緒也沒有。「然後我就看見飛碟了！」

「就說不可能有飛碟。」葉晨再度吐槽。

我陷入了思考之中，仔細想想，這兩天一早周逸婕的態度確實都怪怪的。

「所以妳們吵了什麼？」方譯平問。

「不是什麼重要的事情。」我搖搖頭，但把這件事情放到心裡。

就在準備回去上該死的第八節課時，班導卻來通知我先回家，我不曉得是怎麼回事，聽說沈叔已經在外面等了。

「葉晨，我晚上會打給你，大概七點多的時候，一定要接！」我轉身叮囑葉晨，結果這句話說得太大聲，導致全班同學發出激動的喊叫聲。

「妳、妳白痴喔！」葉晨莫名其妙臉紅了。

從李凌那複雜的表情來看，她喜歡葉晨的可能性上升到百分之八十，可一旁的周逸婕竟然也沉著臉。難道她也喜歡葉晨？

沒時間細想，我背起書包就往外走。抵達校門口時，見沈叔一臉擔憂，我頓時不自覺地緊張起來。

「沈叔，怎麼了嗎？」

「小姐，夫人和老爺非常生氣，我也不清楚是因爲什麼，他們只要我立刻過來把您帶回家……」沈叔幫我開了後車門，接著急忙返回駕駛座。

我靠向前方，好奇地問：「爲什麼他們會突然生氣？」

昨天沒有這樣的橋段，相反的，他們還很擔心我。

「我眞的不清楚，下午時夫人就已經很不高興了，直到三點多我告知夫人，今天您也要和若禎小姐一起念書，所以我不會去接您放學……結果夫人就忽然大發雷霆。」

「若禎？」又出現了我沒聽過的名字，「是誰？」

「小姐，您怎麼會這樣問？她不是您最要好的朋友嗎？」沈叔很是驚訝。

「不是周逸婕和李凌嗎？」

「她們當然也是小姐的好朋友，不過小姐似乎和若禎小姐更投緣。」

「所以老樣子的理由，就是指和若禎一起念書？」

「是呀，小姐。」沈叔從後視鏡擔憂地看著我，「難道小姐您和若禎小姐吵架了？」

「沒有，我們好得很。」我聳肩，內心暗暗想著，到底誰是「若禎」？看來需要調查看看。

車子一停在家門外的車道上，我就見到珠姨憂心忡忡地在那來回踱步，雙手還緊緊絞著。

「小姐，您還好嗎？為什麼會……」沈叔都還沒從駕駛座下來，珠姨就先打開我這邊的車門。

「怎麼了嗎？我還有第八節課呢。」她那慌張的模樣令我更加緊張了。

「您為什麼……」珠姨眼眶含淚，而沈叔一臉不明所以地來到我們身邊。「先生和夫人非常、非常生氣……」

奇怪了，我今天做了什麼昨天沒做的事情嗎？

不，應該說，我今天幾乎沒做什麼昨天做過的事……啊，啊啊！

就在我倒抽一口氣時，昨天曾經哭得梨花帶雨的連媽媽盛氣凌人地出現。她的臉色難看至極，從大門口筆直朝我走來，一手舉起，一個巴掌就這樣甩在我臉上。

我、的、老、天！

我爸媽都沒這樣打過我！我在這邊給一個陌生女人打？

這個巴掌又痛又響，再加上是瞬間發生，我根本來不及反應。耳中嗡嗡作響，我摀住自己的臉頰，只覺得好氣、好痛、好莫名、好委屈。

「妳要用這種方式跟我們作對？身爲我們的女兒，妳難道不曉得該做些什麼、不該做些什麼？」連媽媽大聲斥責，連爸爸也從家裡出來，我以爲他要來保護自己的女兒，然而他只是冷冷開口。

「進來講，在外面丟人。」

連俞津呀，眞是辛苦妳了，還好我不是妳，有這樣的父母，房子這麼大又有什麼用？

「妳想用死來威脅我們答應？我已經說過，那都是妳的錯覺罷了，妳就非得要跟我們作對，要讓我們難堪？」連媽媽拽著我的手把我往屋內拖，珠姨和沈叔跟在後頭好言相勸，可又不敢說得太多。

我就這樣被強拉進屋內，連媽媽從桌上拿起那封遺書。

昨天我撕掉了，但今天忘了，所以遺書被看見了。

這還眞是可笑，昨天我沒報備卻晚回家，這對父母擔心到什麼都願意妥協，結果今天發現遺書，而我並未消失，他們就用這種方式對待我。

「我已經死了。」

我想起連俞津在夢中說過的話，或許在她的父母面前，她早就死了。如果妳從來都不敢反抗妳的父母，任憑他們這麼對待妳，那就由我來幫妳反抗吧。我在心裡對她說。

我甩開連媽媽的手，她一愣，似乎沒料到我會反擊，接著我大吼：「你們的女兒早就死了！在很久以前就死了！」

「妳造反啊！」連爸爸用力拍桌，這是有點恐怖，不過他不是我爸，我不需要怕他。

「妳去哪裡拿來這種藥的？放個空罐子想嚇唬我們？別想耍這種小聰明！」連媽媽拿起放在一旁的黃色藥罐，那是連俞津本來放在床頭櫃的。

「你們以爲給了我生命，就能掌控我的一切？我也是人，我是有思想、有情緒的人！你們生下我的目的是什麼？滿足你們的虛榮心？只要我有不符合你們期待的行爲，就當我是不孝？當我是不懂事？」我邊說邊狠狠一推旁邊那個看起來很貴重的花瓶，花瓶頓時撞得碎裂，後方的珠姨發出驚叫。

「假如你們只要一個以你們爲中心的生物，那去養狗吧！」講出這些話眞是暢快，連俞津大概一直都是逆來順受，所以她父母和珠姨、沈叔等人都傻了眼。

這時，連爸衝了過來，看那動作就是要打我，於是我拔腿往連俞津房間的方向跑，有點刺激、有點爽快，也有點悲傷。

「你們真的要我死給你們看嗎！」我關上房門後趕緊反鎖，並在裡頭大喊，激烈的拍門聲傳來，她父母用各種方式威脅我開門，但我才不要呢，又不是傻子。

「辛苦妳了，連俞津。」我說著，不知為何掉下了眼淚，覺得十分難過。

就這樣，我蹲坐在房內，悲從中來地哭泣。胸口疼得難受，我瘋狂地咳嗽，像是要把肺都給咳出來一般。

我不曉得什麼時候睡著了，醒來時門外的拍擊聲沒了，窗外夜空掛著大得魔幻的月亮。

「月亮啊，為什麼會讓我又重複同一天呢？我的時間被暫停在這一天了嗎？跟葉晨一樣？」我躺在床上喃喃地說，可惜月亮不會回答我。

「我明明阻止了葉晨的死亡……不是應該完成任務了嗎？不是就可以回去未來了嗎？為什麼呢？」我閉上眼睛，感覺眼皮沉重無比，過了一會我又睜眼，那輪明月就在窗前，銀光燦爛。

「如果必須重複著同一天的話，那至少別讓我這麼孤單。」我低聲說，「至少，讓葉晨記得。」

第七章

身體依舊沉重，喉嚨乾澀，而且比前兩次更不舒服。這一次，我連呼吸都很困難，臉上彷彿被蓋了一塊溼潤的布，即便張口也吸不進空氣。

我努力地想從床上起來，卻像被鬼壓床般動彈不得，最後我使盡全身力氣張開眼睛，發現自己還是躺在屬於連俞津的床上。

我用力咳嗽，整個胸腔、肋骨甚至腹部都疼痛無比，想吐的感覺湧上，下一秒，我真的吐了出來。

然而吐的方式不是我想像中的從嘴裡噴出，而是從喉嚨深處湧上後，堆積在口腔內，讓我快要窒息。

「小姐，該起床……天啊，小姐！」珠姨打開了燈，大概是發現我躺在床上的模樣怪異，她衝到床邊，「小姐，醒醒啊！」她驚慌地喊，就在這瞬間，我忽然可以活動身體了。

「珠姨！我沒事，妳……嗚噁——」結果話還沒說完，口腔內的嘔吐物就這樣湧出，弄髒了整張床。

「小姐，我這就去叫醫生！」珠姨急哭了，她反應這麼大恐怕會引來別人的注意，我連忙要她安靜。

「珠姨，今天是幾月幾號？」

「今天、今天五月七日呀，小姐，我馬上去叫醫生……」

我心一沉，但仍趕緊揚起微笑，「我沒事啦，珠姨，昨天晚上我不是跟爸媽吵架了？所以晚餐吃不多，半夜又起來吃東西，才會這樣。我沒事。」

珠姨似乎不太相信，不過我的精神確實不錯。

「珠姨，我要先去洗澡，這邊麻煩妳了。」我有些歉疚。

「沒事，小姐您快去，這裡我來處理，有什麼需要隨時叫我。」

我下了床，偷偷摸摸地拿起桌上的遺書，抓了衣服就往浴室走去，隨後將遺書揉成一團並沖溼，往馬桶裡一丟。

端詳著鏡中的自己，我滿心疑惑。前兩天都是口吐白沫而已，怎麼今天會是這麼嚴重的噁心反胃？

迅速沐浴完畢，我返回房間，珠姨已經幫忙換了新的床單，她的表情依舊擔憂，「小姐，您真的沒有不舒服嗎？要不要我去跟夫人先生說一聲，今天請假在家休息呢？」

「不用啦，珠姨，真的沒事。」我邊說邊走到床頭櫃旁，不著痕跡地把黃色藥罐藏到背後，「對了，珠姨，妳有聽見我昨天要爸媽答應我什麼事嗎？」

珠姨一怔，「這……小姐，我沒聽見。」

她說謊了，她有聽見，可是她不想說。

「沒關係的，珠姨，妳可以說。」

「小姐還是快點準備去上學吧。」珠姨說完，退出房門外。

嗯，至少確定她知情，我可以明天換種方式問。

一切準備就緒，我直接出門上學，連早餐也沒吃就上了沈叔的車。

「沈叔，你能跟我說一下若禎在哪嗎？」

「若禎小姐不是小姐的同學嗎？」沈叔發動車子。

「可是她跟我不同班……嗯，我跟你說過她幾班嗎？」

「沒有呢，小姐，您和若禎小姐吵架了？」

昨天他也說過一樣的話，「為什麼會覺得我們吵架了呢？」

「因為很久沒有見到若禎小姐了。」沈叔的回答引起我的注意。

「我和她很常見面？」

「滿常的呀，只是好一陣子沒見到她了。」沈叔從後視鏡觀察著我的反應，

「所以我才想妳們是不是吵架了。」

「沒有吵架，我今天放學就要去跟她一起念書，沈叔不需要來接我喔，但是我還在和爸媽鬧彆扭，你不要告訴他們老樣子，就說我去李凌和周逸婕上的補習班旁

聽吧。」我這麼說，沈叔欣喜地點了點頭。

一到學校，我直接往教室的方向去，周逸婕看到我時跟昨天一樣別過頭，盯著自己桌上的課本。

「周逸婕，早安。」我坐到她前方的座位，她似乎很驚訝，「昨天吵的事就當沒發生過，好嗎？」

我說，以爲這樣周逸婕能比較快釋懷，可是她竟微微張嘴，泫然欲泣。

我嚇到了，照理說當作沒吵過架不是很好嗎？爲什麼周逸婕的反應會是如此？

「我大概……還沒準備好。」說完，周逸婕跑出了教室。什麼啊，我眞的覺得人生很難耶！

「早安！」李凌踏進教室，我正要跟她問早，卻忽然想到那個奇怪的女生，於是望向前門。果不其然，那個女生就站在門口。

她往我的座位投來目光，一臉擔憂，很快，她注意到我坐在這裡，緊皺的眉頭頓時鬆開，露出了釋然的微笑。

但下一秒，她的眼眶驀地充滿淚水，轉身就要離開，我下意識站起來追出去。

「哇，怎麼了？」李凌的疑問沒得到解答，我已經跑出了教室。

跑出去沒幾步，我就撞到正要進來的葉晨，他的表情有些疑惑，耳朵上還掛著耳機，音樂聲隱約流瀉而出，依舊是那首他在音樂課彈奏過的曲子。

「連俞津，妳說謊了吧。」

這是什麼反應？又是一個前兩次都沒出現過的對話。

「相信妳的我也是傻子。」他兩手一攤，朝自己的位子走去。

我往前方眺望，那個女生已不見蹤影，於是我返回教室，「欸，李凌，我問妳，妳認識『若禎』嗎？」

「誰呀？不認識。」

「那張偉宸呢？」

「也不認識，他們是誰？難得從妳的嘴巴裡聽到別人的名字耶。」

「那沒事了。」我想了下，「周逸婕剛才跑出去，好像在哭，她會去哪裡？」

「周逸婕在哭？怎麼回事？」李凌滿臉驚慌，「應該是廁所吧。」

我再次走出教室，李凌馬上放下書包想跟，幸好我說我需要獨自去找周逸婕，她就乖乖停下腳步了。

來到廁所，我並沒有看見周逸婕。根據我的經驗，最少人使用的廁所應該是樓上的，只是不確定在這個年代是否一樣。

當我上去時，果然見到周逸婕正在洗手臺洗臉。

「周逸婕。」我喊了她，她似乎嚇了一跳，大概是沒料到我會來找她。「我說錯什麼了嗎？」

「沒有，妳沒說錯，只是我一時無法接受……」周逸婕抬手順著自己的頭髮，雙眼盯著地板，顯得不知所措。

「我們昨天在公園說話，方譯平經過時看到了。」

周逸婕一驚，我覺得自己每次都在套話。

「我說我們當昨天的事情沒發生過，爲什麼妳會無法接受？」

「妳是因爲被方譯平聽到了才會那麼說嗎？」

「他沒聽到，只是看到。」我頓了頓，「所以爲什麼無法接受？」

「我希望……妳能直接拒絕我，或是乾脆隻字不提裝沒事就好，而不是要我當作沒有發生過。」周逸婕露出難看的笑容，「這樣我這些年來的感情，不就完全被否定了？」

是我想的那樣嗎？

周逸婕喜歡我？不對，是喜歡連俞津？

在二〇二一年同性都可以結婚了，卻還是會遭受阻礙，更何況是二〇〇一年的現在。總之周逸婕昨天跟我告白了，對我的態度才會那麼奇怪，是嗎？

我不想再猜了，於是我說：「不然這樣吧，我們重現昨天的狀況，這一次讓我好好回答妳？」

周逸婕往我後面看，似乎在確認有沒有人，我搖頭，「沒人，我來的時候注意過了。」

她吐了一口氣，「連俞津，我從國中時就一直喜歡妳，每次看見妳上臺領獎的時候，我的目光總是會被吸引。我沒想到高中能和妳同校甚至同班，原本想著只要能當妳的朋友就好，畢竟、畢竟我這樣子，誰能接受呢。可是……可是連俞津，我發現妳跟我一樣。」

跟她一樣？

這句話讓我心一緊。

「既然如此，爲什麼妳不嘗試和我交往看看？」周逸婕咬著下唇，露出勉強的微笑，等待我的回應。

我上前，周逸婕往後退了些，而我張開雙手輕輕擁抱住她，「謝謝妳喜歡我，眞的，謝謝。」

她顫抖著回抱我，忽然哭了起來。

「但是……」

「我知道了，我已經知道了，這樣就可以了。」她將臉埋在我的肩窩，奮力地搖頭。

「謝謝妳。」我再次說。

昨天連俞津想必沒有回應她吧。

這點和她的死亡有關係嗎？

「我想順便問一下，妳怎麼會發現我跟妳一樣？」

「因為我看見了。」周逸婕語氣悶悶的。

「看見什麼？」

「妳和高若禎在圖書館接吻。」

我好像稍微拼湊出連俞津這個人了，也猜到了她和父母吵架的原因，大概是出櫃了，卻不被認可，所以極端地選擇自殺。

眞是太傻了，父母再怎麼反對，妳總會長大，而他們會老。只要足夠堅持，即使過程或許眞的很難熬，也總比自殺好。

瞧，等到二〇二一年，同性都可以結婚了呀。

我在內心不斷對連俞津喊話，只是我知道，置身事外總是能說得比較輕鬆，會走到自殺那步，一定有許多跨不過去的坎。

那位所謂的若禎小姐，全名叫做高若禎，應該是連俞津的戀人。

我猜從沈叔的角度來看，高若禎就是連俞津很要好的朋友吧，或許她們也確實刻意營造出彼此是好朋友的感覺，不過從李凌不認識高若禎可以得知，在學校她們兩個並沒有什麼接觸。

以連俞津的個性，多半是先被父母發現和高若禎過於親密，她才會出櫃，結果演變成大吵。而昨日發現遺書，再加上沈叔又表示我要和高若禎一起念書，因此她父母才會發那麼大的脾氣吧。

這已經是家庭革命了。

我一邊想著一邊點頭，快速寫完了國文考卷，卻注意到一旁的葉晨似乎坐立難安，眞是奇怪。

「欸，連俞津。」他低聲叫我，我瞪他一眼。考試中耶，講什麼話。

可是葉晨的表情十分驚慌，他指著考卷，「這昨天不是考過了嗎？」

✦

葉晨在空中花園來回踱步，難掩焦躁。

而我雙臂平舉，在長椅上來回跳躍著。

「妳在做什麼？很危險。」他對我的行爲感到不解。

「我這可是學你的，二〇二一年的你時常這麼做。」我聳肩，從長椅上跳下來，「所以你昨天有向月亮許願？」

「我昨天十點就睡了，根本沒注意什麼月亮。」他依舊走來走去，「這是怎樣，怎麼今天還是昨天？我現在在做夢嗎？」

「我就說吧！我已經重複過第三次五月七日了。」我兩手一攤，「既然你沒有許願的話，怎麼會保有記憶，好神……」說到這裡，我驚覺一件事，頓時打住了話。

「怎麼了？」敏銳的葉晨停下腳步，直盯著我。

「沒什麼。」我又跳上長椅。

「快點，妳想到了什麼？」他也跟著跳上來，讓狹小的長椅上擠了兩個人。

「很危險！」我驚呼，整個人重心不穩就要往後摔，葉晨一個眼明手快環住我的腰際，及時穩住了我。

這個瞬間，我們兩個靠得好近，我能感受到他的體溫和氣息，那是在二〇二一年感受不到的。

「所以說，妳剛剛想到什麼？」他率先移開目光，咳了一聲鬆開我的腰。

「呃。」我有點尷尬，趕緊跳下長椅，「我昨天迷迷糊糊間向月亮許願了。」

「妳不是許願過一次了？還能再許？可以無限次數許願的嗎？」

「我哪知道，總之我是許願，如果我得不斷重複過這一天的話，至少……讓你記得。」說完，我裝可愛地吐了吐舌頭。

「妳！」他瞪大眼睛，隨即嘆氣，「好，我明白這些離奇的情節都是眞的了，那現在該怎麼辦？怎麼做才能到『明天』？」

我搖頭，「我以爲阻止了你的死亡我就能回去，可是不曉得爲什麼，我還在這。」

葉晨看了一下手錶，「第二節課開始了，但沒差吧，反正我昨天上過了，明天八成也會重複同一天。」

「你接受得眞快。」我比了個讚，昨天我還乖乖上完整天課耶。

「眼見爲憑啊，既然都發生了，就要想辦法解決。」他一手抵著下巴，也從長椅上跳下來，「妳告訴我所有事情吧，全部。」

「我上次講過了。」我皺眉。

「妳認爲我記得嗎？」葉晨兩手一攤，他說的也是有道理。

這一次，我鉅細靡遺地把一切都告訴他，包含他說過會幫助哪些人回到過去，以及他和連俞津原本今天會一起在這裡自殺，此後二十年他就被困在了空中花園。

「然後十七歲的妳因爲在空中花園遇到我，所以從二〇二一年來到現在？」葉晨問，「白于然？」

「對！」我用力點頭。

「我今天晚上會跳樓，妳也會死在空中花園，接著我將在這邊徘徊二十年，並且在二〇〇三年遇到第一個曾因爲我的話而回到過去的人，叫什麼……夏蔚沄？」

「對，葉晨，你腦袋眞好。」我彈指，「不過更精確來說，應該是連俞津和你一起自殺，不是我。」

「可是我跟連俞津沒有任何交集。」葉晨皺眉。

「這也是我不解的地方。」我把未來的崔老師說的那些話也告訴葉晨，當他聽到崔老師認爲他在與連俞津談戀愛時，還「噁」了一聲。

「連俞津一直獨來獨往，我和她同班三年說的話加起來，都沒有今天和妳說的話來得多。」他瞇眼，「要不是連俞津眞的太特立獨行，和妳完全不一樣的話，我實在很難相信眼前的她體內是另一個靈魂。」

我聳肩，「昨天你還說是雙重人格呢。」

「我都重複過同一天了，可以換個科幻一點的設定，雙重人格和兩個靈魂也算是有異曲同工之妙。話說，妳不斷重複的這一天，有發生什麼特別的事嗎？」

「特別的事？」

「像是連俞津的事，或者其他同學的事，或是我的事都可以。這一天會不斷重複一定有原因。」葉晨摸著下巴，「就好像時間暫停了一樣。」

我內心一凜，「今天的時間暫停了。」

「嗯，就像那種感覺，可不只是《今天暫時停止》這麼簡單。」

「我剛剛不是說了，今天時間暫停了啊？」

「我的天啊，電影呀，妳不知道？很紅耶。」葉晨一臉不可思議。

「對你來說很紅，對我來說是二十年前的東西。」

「跟妳聊不來。」葉晨嗤之以鼻，「所以有沒有發生什麼特別的事？」

「是有啦，但這是連俞津的私事，我不確定告訴你好不好。」

「她晚上都會跟我一起死在空中花園了，我們基本上是命運共同體，有什麼不好？」葉晨反問，腦筋眞的轉得很快。

「好吧，反正我們也要想辦法打破無限迴圈，跨過這一天。」於是，我把這三天來發現的狀況，還有每天各種細微的差異都告訴他，其中當然包括周逸婕對連俞津的感情。

畢竟線索越多越好，我們得一起找到方法離開這天。

對於連俞津的性向，葉晨倒是沒有太驚訝，僅是了然地說：「這樣她的態度就很合理了。」

我們推論，連俞津自殺是爲了不被父母祝福的戀情，那藥又是從哪裡來的？這是葉晨提出的疑問。

「妳有把藥罐帶來嗎？」

「有啊，不然被發現就慘了。」想到昨天莫名其妙被打就氣，「沒有手機，不然就可以馬上查詢那是什麼藥。」

「要手機幹麼？去圖書館不就好了。」葉晨表示圖書館就有可供上網的電腦，「不過未來人手一機還能上網，眞是不可思議。」

從我這聽來許多關於未來科技的事，葉晨不禁嘖嘖稱奇。

我把藥罐放在書包裡，得等下課時回教室才能拿，所以我們討論起其他線索，「我還是覺得很奇怪，我沒有自殺的理由，和連俞津也沒交集，爲什麼我會和她一起『殉情』？」

「我也覺得很怪，還猜想自己是不是到了平行世界。」說完，我忽然胸悶難當，摀住了嘴卻止不了咳，每咳一下，胸口便劇烈地抽痛，而且這一次咳了許久，停不下來。

「欸，妳還好吧？」葉晨面露擔憂，「怎麼咳成這樣？」

「不、不知道，咳咳……」我連說出完整的一句話都有困難，葉晨拍著我的背，好不容易止住咳，我的眼眶已滿是淚水，「從昨天開始就這樣。」

葉晨若有所思，而此刻我已經像沒事人一般，彷彿剛才咳成那樣是假的，胸口也不疼了。

「妳進入連俞津的身體，那連俞津本人去哪了？」

「這問題太哲學了，我答不出來。」總不可能連俞津穿越到二〇二一年並使用著我的身體吧，哈哈。

這時，我想起連俞津凝視著我的模樣，「啊……」

「想到什麼？」

「我午休的時候，都會夢到連俞津。」

「夢？」

「雖然說是夢，感覺又不太像，因為她會和我說話，態度的確滿高冷的。」

「她說了什麼？」

「她說她已經死了，然後說再這樣下去我也會死。」我扯扯嘴角，講出口後莫名感覺不太吉利。

「什麼意思？」葉晨一臉莫名，我也聳肩。「等等午休如果再夢到她，妳再問問看。」

「嗯。」

「然後高若禎這個人我也沒聽過，她應該滿低調的，可是既然低調的話，又怎麼會跟連俞津認識？想必是在哪有過交集，可能要查一下連俞津參加過學校的什麼活動或會議。」

葉晨眞不愧是聰明人，「啊，還有張偉宸，他也跟我說了很奇怪的話。」

「這人我也不認識。他說了什麼？」

「他說要和我──也就是和連俞津在一起，不過他不像喜歡連俞津，只說什麼這是最好的選擇。」

「那妳就答應他看看。」

「什麼？爲什麼要！」我大叫。

「反正明天不就會重置？答應了以後就能得知他的目的了。」

「萬一沒有重置呢？」

「沒重置妳不就改變過去了？那就可以回去未來了不是嗎？」葉晨的思路眞是清晰得可怕。「如果一切都跟前兩次一樣，那每次都必須做跟先前不一樣的行爲，看看會有什麼改變。」

「好吧，我知道了。」

忽然，葉晨伸出手，我盯著他的掌心好一會，他晃了幾下，「握手啊，二〇二一年沒有握手這種禮儀？」

「當然有，但爲什麼要握手？」

「代表結成同盟之類的？」葉晨歪頭，「我不想叫妳連俞津，因爲妳不是。叫妳白于然也很奇怪，因爲妳披著連俞津的皮。」

「披著她的皮聽起來很奇怪。」我握上他的手，「你可以叫我小然。」

「好吧，就當作是外號，反正不管再怎麼被班上同學嘲諷，過了十二點就會重置了。」葉晨挺看得開的。

「就不怕哪天醒來就變成隔天了？」我忍不住一笑。

「那也沒關係啊，到時再解釋就好。」葉晨搖晃了他的手，「那我們就一起度過今天，迎向明天吧。」

「嗯。」

✦

葉晨提議分工合作，由他負責去查那罐藥品的名稱，我則去找張偉宸答應交往。

第二節一下課，我們先回教室拿那罐藥，由於我們共同蹺了一節課，不免引來了大家的猜疑和起鬨。

「我跟英文老師說你們一個在保健室休息，一個今天請假，要感謝我喔。」方譯平過來邀功，並從教室後面的掃具櫃拿出葉晨的書包，「所以說，要不要解釋一下你們兩個去哪了？」

李凌和周逸婕都在一旁用奇怪的眼神盯著我們，畢竟一個喜歡我，一個喜歡葉晨，她們內心的不安可想而知。

「反正明天就會重置。」葉晨在我耳邊小聲說，我還來不及意會他想做什麼，他已經站直身子大聲對全班同學說：「我們今天開始交往了，所以如果有哪幾節課不在，就請大家幫忙一下。」

「什麼——」全班同學齊齊驚呼，搞得像是彩排過一樣，我沒料到葉晨會用這種藉口，不過也罷，省得麻煩。

我趁亂把藥罐塞進葉晨手中，同時往教室外跑去，直到跑出一段距離都還能聽見他們歡騰的喧鬧聲。

「不管哪個年代，大家貞的都最喜歡八卦別人的感情生活。」我想起吳俞凡的事。

「好了，分頭進行吧。」經過樓梯口時，葉晨往上走去，我則繼續朝走廊尾端跑，來到了三年六班。

我沒來由地有些緊張，前兩天我都是中午時才會遇見張偉宸，因此我才決定親自過來找他。

「請問，張偉宸在嗎？」我站在後門隨意叫住一個同學，對方往教室內喊了幾聲後，坐在最角落的張偉宸抬起頭。

他似乎很訝異我會來找他，表情明顯流露帶著勝利的喜悅，走到了我面前。

我勾勾手指，要他跟我離開，找個隱密點的地方說話。

「我昨天說讓妳考慮到今天中午，但看來妳已經決定了。」

原來如此，所以他才都在中午出現。

「嗯，我考慮好了，那應該是最好的方法。」我照葉晨的話說，「那我該怎麼做？」

張偉宸笑得開懷，清秀的五官這次沒皺在一起，「我們先跟若禎講。」

我內心一震，沒料到他會提到高若禎的名字，這簡直得來全不費工夫。

這次我學乖了，不再有疑問就亂發問，而是順著對方讓事情進行，才能慢慢找出線索。

我跟在張偉宸後面，下了幾道樓梯抵達一樓，接著走出了教學大樓。我一愣，高若禎和我們不同年級？難怪沒人認識她！

張偉宸帶我到二年六班的門口，跟在後門附近的同學說了幾句話，不久，一個短髮女孩走出來，一看見我便瞪大眼睛，而我也有些訝異，卻又不太意外。

高若禎就是那個早自習時會跑來找我的女生。

「若禎，她同意了。」張偉宸急切地說，語氣十分溫柔。

「不要在這邊說。」高若禎壓低聲音，瞥了我一眼後又避開，好像有點畏縮。

我們來到花圃旁的座位，我抬頭往上望，蔡菁諭辦公桌旁的窗戶果然可以看到這裡的景象。

「妳……還好嗎？生我的氣嗎？」高若禎率先問我，我不明白她指的是什麼，只是輕輕搖頭。

這兩人如果是情侶關係，那我可不能有多餘的舉動，以免被發現不對勁。雖說被發現怪異也沒差就是了，套一句葉晨的話，反正明天就又重置了。

「若禎，妳不需要再在意別人的目光了，從今天開始我會和連俞津假裝交往，而妳是我的青梅竹馬，時常跟我們走在一起也很正常。」張偉宸邊說邊握住高若禎的手，「我願意當妳們的煙幕彈，只要妳幸福快樂就好。」

高若禎眼眶含淚，看著我問：「妳媽媽……還是不准我們見面嗎？」

我點點頭。

「她看見我們那樣子躺在床上，一定很難接受，可是……」高若禎說完哭了起來，張偉宸的雙眼流露出疼惜和受傷，他迅速瞥了我一眼，帶著嫉妒和怨憤，同時還有羨慕。

原來是這樣，我的腦中串起了這一系列看似複雜，其實很單純的事情。

連俞津喜歡女生，並且與高二的高若禎相戀，結果由於在床上過於親密的模樣被媽媽撞見，因而和父母大吵。在心煩意亂之際，最好的朋友周逸婕竟對她告白了，同時張偉宸出現，說守護高若禎和連俞津之間的愛情最好的方式，就是連俞津假裝跟他交往，由他當煙幕彈來讓連家父母放心。

然而，事實上張偉宸喜歡著高若禎，我想這一點連俞津肯定發現了。她或許是在男性面前感受到了自身的無能爲力，認爲自己的未來和戀情都一片黑暗，即使這些都是小事，當許多小事疊加起來，就會化爲無窮黑洞，吞噬掉自己。

所以連俞津自殺了。

我覺得十分難受，隨即用力咳了起來，整個人蹲到了地上抱著肚子。渾身都不舒服，卻說不上是哪裡不舒服。

「俞津！」高若禎在一旁拍著我的背，我止不住劇烈的暈眩，接著便暈倒了。

我身處於那片黑暗中，這一次還沒午休就見到她了。

連俞津站在中央，目光打量著我，她跟前一次的態度不一樣，彷彿只有我跟她保有昨天的記憶……啊，現在還多了葉晨。

總之，這次我大步走到連俞津面前，伸手就要抓住她。

她似乎因爲我的動作而感到訝異，稍微往後縮了一點，但我的手已經來到她的手腕上方，可是當我往下一握，竟穿了過去。

她只是冷眼瞧著我，像在說「在做什麼白痴的事」，我乾笑幾聲，結果被口水嗆到，再度咳嗽起來。

這一咳又停不下來，我一面尷尬地看著她一面摀著嘴，胸腔與腹部都異常難受。

「再不走，妳也會死的。」連俞津冷然道，「跟這副身體一起死。」

「妳、妳在說什麼?」我狠狠咳個不停,「我在妳身體裡的這段時間……妳在哪裡?」

「我已經死了。」連俞津重複了說過的話,「現在我要走了。」

「什麼?」說著,我咳了好幾聲,「走去哪?」

「再不走,妳也會死的。」她講第三次了。

「爲什麼?這是什麼意思?」我話還沒說完,胸口一陣悶窒,接著是強烈的噁心想吐,視線逐漸模糊。

黑暗之中出現了一抹光,我循著光前進,看見了白花花的天花板,然後是高若禎的臉。

「俞津,妳沒事吧?妳還好嗎?」她抓著我的手,我這才意識到自己被送來了保健室。

渾身疼痛不已,還有明顯的倦怠感,這是怎麼回事?我昨天明明沒有這樣。

「妳暈倒了,而且一直呢喃,妳還好嗎?要不要去醫院?」她看起來非常擔心,我想她一定很喜歡連俞津吧。

「沒事。」我低聲說,此時上課鐘聲響起。

「那我等一下再來看妳……」高若禎說完,望向站在門邊的張偉宸,張偉宸點了點頭,高若禎才對我揮手,「我們會一起來,拜拜。」

我注視著他們離去的背影，高若禎戀戀不捨地頻頻回頭，而張偉宸的大手覆在她背上安撫。我想，眞正的連俞津目睹這一幕肯定會很難過，但我不是連俞津，所以我覺得張偉宸挺可憐的。

我從床上起身，保健室老師還有點擔心地問我要不要再多躺一下，我頓時訝異地發現保健室老師和二〇二一年的是同一位。哇，老師，妳現在是年輕小姐耶！

說也奇怪，剛才明明那麼不舒服，現在卻完全沒事了。

忽然，保健室的門被推開，只見葉晨小心地東張西望，看見我坐在床上，他驚訝地問：「妳怎麼在這？」

「那你怎麼知道我在這？」我穿上鞋子，對老師說謝謝。

「我就到處找，最後想說來保健室看一下，沒想到眞的在這。」葉晨向老師頷首，與我一同步出保健室，「怎麼回事？妳不舒服？」

「我剛剛突然咳嗽咳得很厲害，最近都會這樣，結果就暈倒了，又看見連俞津。」我拍著自己的額頭。

「頻率多高？夢到什麼？」

「從重複的第二天開始，就是會突然咳嗽到很不舒服，而且越來越嚴重。」隨後，我把連俞津在夢中說的話告訴他，也把方才和高若禎與張偉宸之間的事，還有我的猜測都說了。

葉晨若有所思，我以爲要回教室了，他卻往空中花園的方向走。

「又要蹺課？」

「反正明天不是會重複同一天嗎？」葉晨實在很懂得怎麼利用重複的時間。「明早高若禎還會來找妳對吧，她來的話，這一次妳就出去聽聽看她講什麼，然後順著她的話說。」

「一樣套話就是了。」我點點頭，跳上了長椅展開雙臂走著。

「妳眞的很愛這樣。」

「我說了，是學二〇二一年的你。」

葉晨跳上另一張長椅，也張開雙臂看向我，「那現在二〇〇一年的我學妳，這樣是不是變成一個迴圈？」

當他說出這句話時，我瞬間一陣雞皮疙瘩。

「小然，怎麼了？」葉晨喊了停頓下來的我。

不知是太久沒人叫我的名字，還是此刻葉晨身後的陽光太過刺眼，我竟有點想哭。

第八章

葉晨在圖書館查到了那罐藥品的名稱，是一種在二〇二一年已經很少在使用的藥物。

我會知道那種藥物幾乎已經沒在使用，是因爲正好聽爸媽提過，那就是阿娟姨在吃的抗憂鬱藥。二〇二一年時，這款藥物經過了改良，不會因服用過量而導致死亡了。

可是在二〇〇一年，這藥吃多了還是會致死，媽媽說過以前有不少人吃這種藥自殺。

即便是藥物改良過後的未來，想取得這藥也需要由醫生開立處方箋，連俞津怎麼可能會有一罐？而她又吃了多少？

「在想什麼？」

葉晨一屁股坐到我旁邊，這節課是體育課，我正坐在樹下偷懶。這次跟前幾次不同，周逸婕和李凌居然在打球，而葉晨則是不打球了，跑來跟我說話。

由於葉晨發表了交往宣言，所以班上同學除了遠遠偷看我們以外，倒是不會再起鬨。

「沒，我在想那個藥是哪裡來的。」我把心裡所想的告訴葉晨。

「二〇二一年究竟是怎樣的年代，能將藥物改良這麼多，那我們現在用的藥不就很危險？」葉晨打了個哆嗦。

「二〇二一年的房價物價才危險。」我無奈地說，「連俞津是從哪拿到那些藥的？」

「還是她本身有病史？」

「感覺沒有。」我搖頭。

「欸，反正明天又會重置……」

「你這句話講過好多次了。」

葉晨聳肩，「我是想說，既然如此，我們晚上要不要來空中花園看看？」

「不要！很危險！萬一我們都死掉了呢？」

「不是說我是跳樓嗎？我又不會跳樓，妳也不會……對了，連俞津是怎麼死的？」

「我不清楚，只聽說你們兩個死法不一樣，但我來不及查到連俞津當年的狀況，就穿越到二〇〇一年了。」

「那我們就待在空中花園欣賞魔幻月亮吧。」葉晨提議，我不禁有點心動。

反正明天一切都會重來，所以今天想做什麼就能做什麼的感覺，真的滿吸引人的。

午休時間，我雖然睡著了，可是並沒有夢見連俞津，甚至連做夢都沒有。

在蔡菁諭的課結束後——我和葉晨大概都考了一百分——張偉宸突然出現在我們教室門口，一臉怒容。

我有些疑惑，正當我要站起身時，張偉宸直接進了教室，來到我的面前。

「葉晨是誰？」他一副興師問罪的態度，一旁的葉晨馬上站起來擋在張偉宸跟我中間。

「怎麼了？」

「你就是葉晨？」張偉宸的目光在我和葉晨之間打轉，咬著下唇瞪著我喊：「所以妳和他在交往？」

「我沒……」我打住話，意識到後方有好幾雙眼睛正盯著這裡。

稍早葉晨才在班上宣稱我們在交往，我不能反駁。

「果然是這樣，那妳還說要跟我交往。」張偉宸惡狠狠地推開葉晨，上半身朝我壓來，用極低的聲音說：「那對於若禎妳也是一時興起？」

他誤會了連俞津是個男女通吃的人，以爲他所愛著的高若禎被玩弄感情，因此才會這麼生氣。

「隨便你怎麼想吧。」我淡淡回應。

張偉宸十分生氣地踢開一旁的椅子，離開了教室，而葉晨先是關心我有沒有事，隨後才把椅子扶起來擺回原位。

「剛才是怎麼了？」周逸婕驚恐地問，「俞津，妳今天好奇怪。」

無論是我大幅改變的個性，或是和兩個男生發生感情糾葛，看在曉得連俞津喜歡女生的周逸婕眼裡，怎麼樣都挺詭異的吧。

忽然間，我注意到全班同學瞧著我的眼神，就像我因爲和吳俞凡的事被全校注目那時一樣。雖然狀況不同，不過周逸婕和李凌也讓我想到了林可筑。

只是這一次，我卻覺得何必在意別人的目光，畢竟明天就會重置了，我幹麼在乎這一切？大概是被葉晨傳染了吧。

感受到了前所未有的自由，我拉起葉晨的手直接往教室外跑去，「我們蹺課吧！」

「什、什麼？」葉晨驚呼，但沒有甩開我的手，就這麼讓我拉著跑。

我原本想去空中花園，可此刻又湧現了叛逆的心情，所以我來到學校後門的圍牆邊，興奮地望著那上頭的碎玻璃。

「等一下，不是我想的那樣吧？」

「就是你想的那樣。」

「蹺課待在學校其他地方，跟蹺課跑到外面是完全不一樣的耶！」葉晨嚷嚷，我趕緊要他安靜，以免被聽見。

「你不是說了，反正明天會重置，能蹺課到校外還不會留下紀錄，不覺得是個千載難逢的機會嗎？」我眼睛發亮。

「妳倒是很會說服人。」葉晨碎念，開始打量圍牆上方的碎玻璃，「這爬上去會被刺死吧。」

「不會，這個方向和這裡，有很大的空隙，我們可以把手放在那邊，然後跳過去就行啦。」我得意地說。

「妳怎麼好像很了解？」

「因爲這碎玻璃二十年來都在，沒有變過，差別在於我那時候有監視器了。」

我聳肩，抬頭仰望，這裡正好位於空中花園後側的下方，也就是我曾經時常和吳俞凡聊天的地方。

當我站在空中花園往下看時，總是盯著這些碎玻璃，形狀和位置早就印在腦海內了。

於是由我先示範，我伸出雙手想攀到圍牆上，無奈身高不夠，因此我要葉晨蹲下身讓我當踏墊踩上。

「踩？制服是白色的耶！」

「吼，反正明天……」

「好好好，重置是吧，知道了啦。」葉晨說完乖乖蹲下，看著那寬闊的背，我抬起腳猶豫了一下，才踩了上去。

「不可以抬頭喔，會看到內褲。」

「反正又不是妳的內褲，是連俞津的內褲。」葉晨嘟囔，他倒是配合得很好，雙手托著我的腳往上一推，我就順利翻過了牆。

隨後，葉晨不需要我的幫助，俐落地翻過來，帥氣著地。

「出來以後呢？」

「嗯，我想想。」

「妳沒想好就出來了？」葉晨說完大笑，似乎突然靈光一閃，「對了，妳說二〇〇一年妳還沒出生，那妳不好奇妳出生前的事情嗎？」

「什麼意思，我不是已經在體驗了？」我張開雙手轉了一圈。

「不是啦，二十年前妳爸媽結婚了吧？妳不想偷看一下他們年輕時的實際模樣？」

葉晨的提議讓我瞪大眼睛，「天啊，葉晨，你比我更適合回到過去！」

爸媽結婚三年後，媽媽才懷了我，而在我十歲左右才搬到現在的家，也就是說，他們現在還住在以前的家。

「我們以前住在港墘站，只要……」

「什麼站？」

「港墘呀，在文湖線上。」

「文湖線？」

奇怪，怎麼我講什麼葉晨都聽不懂？二〇〇一年已經有捷運了，我在路上看到過啊！

「難道還沒蓋好？」我驚呼，「棕色的文湖線呀。」

「那不是叫柵湖線嗎，詐胡！」葉晨講完還自己笑了，聽他這麼一說，我才想起有這個歷史。

「啊，未來會改名，因爲常出問題。那港墘站應該也是之後才會蓋好。」我雙手環胸搖頭，「二十年呀，嘖嘖。」

「沒有二〇〇一年就沒有二〇二一年好嗎，你們這些不懂前人種樹辛苦的後人。」葉晨擺起架子，「既然如此，我們搭公車過去吧。」

「我跟你說，以後還會有公共腳踏車，放在路邊讓人自由租借，像這種時候我們就可以選擇借腳踏車騎去。」

「喔？我們現在路邊也有腳踏車可以借啊。」葉晨說完，拐了個彎走進巷子。

「眞的嗎？YouBike這麼早就有了？」我驚呼，「可是我沒有悠遊卡。」

「那又是啥，不要一直講一些怪話好嗎？」葉晨回頭抱怨，接著他左右張望，牽起一旁的腳踏車。

「你的腳踏車？」

「沒有，這是路邊的腳踏車，我借一下。」葉晨賊笑。

「不是啦！我講的是要付錢租的那種，你這樣是偷！」

「我是借，明天重置後就回來啦。」葉晨比我想像中的還要小屁孩。

他跨上腳踏車，指了後座要我上去，我卻遲疑，「腳踏車不能雙載。」

「眞假？未來會這樣規定？」葉晨彷彿受到了震撼教育，「那我忽然感謝起自己身在二〇〇一年了。」

「只要你活著的話，那些未來你都能親身經歷。」

「我說了不會自殺。」葉晨哈哈一笑，轉過頭看我，「所以小然，妳要不要上車？」

大概是因爲蹺課的刺激，又或者是要去找年輕時的爸媽的興奮，總之在我心情澎湃的此刻，葉晨的模樣令人怦然心動，大概也是正常的吧。

我坐在後座，一邊感受著腳踏車的微微震動，一邊指揮路線。深吸一口氣，這個年代空氣似乎比較好，機車也少了很多。

腳踏車在小巷中穿梭，一旁的綠樹與矮房讓我感覺自己像在拍MV似的。過了一段時間，我們在一座公寓前方停下，懷念感油然而生。

「我小時候就住在這裡！」我跳下腳踏車，開心地向葉晨介紹。

「我們不就是特地來這的嗎？」

「但我忽然想到，我爸媽應該在上班，現在也不在家。」

「殺去公司呢？」葉晨提議，這太瘋狂了。

「我出生後他們就換了工作，我不清楚他們目前在哪工作。」我停頓了一下，「而且跟我爸媽接觸好像不太好，要是導致他們之後不生小孩了，我就消失了耶！」

「妳是電視劇看太多嗎？」葉晨吐槽。

「小璋，等等媽媽，不要跑這麼快。」此時，我聽見後頭有呼喚聲傳來。

「媽媽好慢喔！」一個看起來不到十歲的小男孩跑了過來，在我面前停下，轉身朝他媽媽說。他的額頭上貼著退熱貼，臉頰紅通通的，原來退熱貼這麼早就有了。

我順著男孩的視線看去，一個手上提著菜並拿了一包藥的女人正喘著氣走來。頓時，我內心一驚，怔怔瞧著那個女人越走越近，又看看眼前稚氣的男孩。

「阿娟姨……」內心深處湧現一股強烈的難受，我的胃翻騰起來，那抑鬱的痛苦化為衝擊，使我猛咳出聲。

「哎呀，妹妹妳沒事吧？」年輕的阿娟姨靠了過來，葉晨則拍撫著我的背，痛楚與暈眩令我彎下了腰，蹲坐在地上狂咳不已。

「我、我、咳咳！我沒……事……咳咳！」我一邊揮手，一邊想壓抑咳嗽的痛苦，可是很快，那陣噁心翻滾著從嘴裡噴出。

我居然在大庭廣眾之下，在葉晨、阿娟姨，還有未來會昏迷臥床十年的小璋哥哥面前吐了。

「來，這是乾淨的衣服，浴室在那邊。」阿娟姨遞出一件T恤與熱毛巾，我不禁有些尷尬。

「謝謝。」接過T恤，我前往浴室更衣，期間還能聽見葉晨和年幼的小璋哥哥在客廳對話。

「你感冒了？所以今天才沒去上學？」

「對啊，那哥哥姊姊也感冒了嗎？不然怎麼不用上學？」

「呃，我們是……」葉晨不曉得該怎麼解釋。

「好了，不要問這麼多。」阿娟姨顯然猜到我們是蹺課，「來，吃一點水果吧。」

梳洗完畢的我走出浴室，只見葉晨和小璋哥哥玩得開心，還一邊吃著蘋果，而我尷尬地看著他們，坐到了一旁。

「我都清理好了，妳還有沒有哪邊不舒服？」阿娟姨擦著手從廚房走出來。

「沒有，對不起，給妳添麻煩了。」我趕緊道歉。

「需不需要去看醫生？」阿娟姨擔憂地坐下，遞給我一杯溫水，我打量了下她精緻的五官。此刻的阿娟姨美得不可方物，讓我充分感受到在小璋哥哥昏迷的這十年間，她蒼老了多少。

「沒關係，老毛病啦。」我乾笑，順帶環顧了阿娟姨的家。

牆壁和櫃子上放滿了家庭照，我幾乎毫無印象的姨丈在相片中笑得開心，而我注意到其中幾張的主角是年輕時的爸媽。

「這是……」

「是我關係很好的遠親，他們最近結婚了，我們說好等他們有小孩後，兩個家庭要時常帶小孩一起出去玩，連房子都買在附近呢。」阿娟姨邊說邊摸摸小璋哥哥的頭，「但是他們再不快點生小孩的話，我們小璋就要長大了，到時候年紀差太多，怕玩不起來。」

我的內心一陣苦澀。在我成長的記憶之中，小璋哥哥和我們家一同出遊沒幾次，因爲我和他相差十幾歲，那時他早已有了自己的生活，所以我和這位哥哥才並不熟悉。

之後他升上大學，在大二那年因爲酒後騎機車自撞分隔島昏迷，從此未來的一切美夢徹底破碎。

每次見到阿娟姨和小璋哥哥，都是在最討厭的醫院，那裡充滿絕望，即便知道他們的痛苦，我卻從來沒去細想他們也曾經擁有快樂。如今身處這溫馨的家庭，看著活蹦亂跳的小璋哥哥，強烈的心酸襲上心頭，我頓時爲自己在醫院的表現感到無比羞愧，根本堪稱冷血不近人情。

「哥哥，請你一定要記得，喝酒以後不能騎機車，一次都不行，好嗎？」

「哥哥？」小璋哥哥訝異地歪頭。

「妹妹，妳怎麼了……」阿娟姨也一臉驚訝。

「啊，她就是憂國憂民的個性，遇到小朋友都會想宣導正確觀念。」葉晨幫我打圓場，笑著撫摸小璋哥哥的頭，「姊姊說的話要聽進去喔。」

其實他還不清楚我和阿娟姨的關係，卻順著我的話說。

「阿姨，謝謝妳的幫助，我們先離開了。」我起身對阿娟姨道謝。

「要是眞的不舒服的話，記得去看醫生。」阿娟姨再次叮囑。

面對我這個素昧平生的人，她都能如此關心，並且還毫無戒備地讓我們進到她的家裡。而我明明從小受阿娟姨的照顧，卻在醫院裡表現得不耐煩，我眞的很想衝回二〇二一年打自己好幾巴掌。

因此這瞬間，我決定要改變阿娟姨的未來，這樣善良又親切的阿姨，不該在未來失去幸福的家庭。

當他們送我們到門口時，我假借彎腰與小璋哥哥說再見，趁機在他耳邊低語：「姊姊我來自未來，看見你以後會因爲喝酒騎機車摔死，你爸媽都哭得很慘，所以你這輩子永遠不能騎機車，知道嗎？」

這番話聽起來很唬爛，但還不到十歲的小璋哥哥仍保有單純與天眞，聞言臉色立刻一白。

「爲了證明姊姊說的是眞的，你要記得未來會有悠遊卡、有公共腳踏車可以租借，還會有合法的樂透，捷運會多出一條橘線。」我一口氣說完這些，差點忘記了最重要的，「然後手機能夠上網，人手一支。」

接著我站起身，微笑地向阿娟姨道別。

關門的時候，我聽見小璋哥哥大哭的聲音。

不知道我會不會害他心中留下陰影，不過總比他日後癱瘓好，這很値得。

「妳剛才跟他說了什麼？」葉晨好奇。

於是我把未來關於阿娟姨的事都告訴他，還得意地稱讚自己聰明。

「白痴啊，明天不是就會重置，那妳得再來說一次。」

天啊，我怎麼忘記這一點。

「好吧，明天再蹺課出來說一次。」我悻悻然地回。

「欸，我有件事情想跟妳講。」葉晨說著，面帶猶豫，令我納悶起來。

「我一直在想……關於連俞津自殺的事，撇開那藥的來源，連俞津在夢中所說的那些話非常奇怪，加上妳一直莫名咳嗽和嘔吐……」葉晨拉起我的手，我嚇了一跳，不過他沒察覺我的動搖，只是盯著我的手腕。

「妳，好像變瘦了。」

「什、什麼？我應該跟昨天一樣吧。」

「剛才撐住妳翻過圍牆時，還有騎腳踏車載妳時，妳都輕得像沒有重量。」他的語氣略顯擔憂，連帶我也緊張起來。

「有嗎？可是我覺得……」

「我在想，結合連俞津夢中說的話來看，會不會在昨天晚上，應該是說妳穿越過來的那時候，她就已經死了，她其實自殺成功了？」葉晨皺起眉頭，神情嚴肅，「妳進入的是她死去的空殼，她的時間停止了，但妳的時間還在繼續，所以妳才會一天比一天虛弱，因爲這副軀體早就死亡了。」

葉晨的話讓我起了雞皮疙瘩，「你講得好可怕，會有這種事嗎？」

「都能穿越了，妳認爲呢？」

我不敢深思，葉晨說的非常有道理，否則夢中的那些對話是怎麼回事？會不會那根本就不是夢境，而是連俞津的靈魂眞的來找我了？

「如果軀體已經死亡的話，我怎麼還會有體溫跟心跳？」我捏了自己的手，

「還會痛。」

「也許是妳的靈魂延遲了肉體的死去，卻無法阻止肉體正逐漸凋零的事實。」

葉晨瞇起眼睛，「她說妳時間不多了，有說剩多久嗎？」

我搖頭，「假設你說的是對的，那也得度過今天才行，要是永遠停留在這一天，那我是不是……就會跟著這軀體一起死？」

「也許等連俞津的身體死亡後，妳就可以回去未來了。」葉晨說完還笑了。

「哪有可能。」我翻了白眼。

「欸，妳不是說不能翻白眼，眼珠子會不見嗎？」

「我偶爾才翻。」我連忙撇清。

葉晨又笑了幾聲，聽起來莫名悅耳，「假如我們每天都必須找出抵達明天的方法，那每天我們都有些事情得做，例如剛才那個小璋。」

「還有周逸婕和張偉宸。」

「周逸婕有什麼狀況嗎？」葉晨問。

「我不是說她告白了？那每天我都要代替連俞津好好拒絕她才行。」不然她將永遠記得自己告白的隔天，連俞津就死了。

「妳怎麼知道連俞津想拒絕？」

「連俞津都跟高若禎交往了。」我說。

「那也不代表連俞津就想要拒絕啊。不過，妳得向連俞津的父母告別。」葉晨的神色流露出一絲傷感，「那張遺書不要留著比較好。」

「雖然我也認爲遺書的內容會傷她父母的心，可是……連俞津的心情呢？」她想以死令父母感到自責，是很愚蠢，然而她被家庭逼死是事實，「難道我們不該尊重她？」

「也是，這跟我剛才講周逸婕的事情是一樣的，我們誰都不清楚連俞津到底想怎麼做。」

「死了就是這樣，什麼都帶不走，什麼都會被留下。」

葉晨拍了下自己的額頭，「妳應該在夢中問她是否要留下遺書或拒絕周逸婕的……那在未來，她的父母是什麼反應？」

「查不到任何關於連俞津的新聞。」我搖頭。

「那妳決定吧。」葉晨表示不干涉。

這個決定好難，我記得她爸媽痛哭的樣子，也記得她爸媽瘋狂打罵的模樣，無論哪種情形都使人心痛與難受。

就在我思考的時候，有點熟悉的旋律傳來，原來是葉晨又在哼那首歌。

他似乎很喜歡這首歌，無論是音樂課時所彈奏的曲子，還是上學與放學路上隨身聽所播放的歌曲，都是這首歌。

「這是什麼歌?」我問,「你很常哼。」

「很常?啊,該不會是因為我昨天……應該說前天?總之就是重複的這天的前一天,我看了一部老電影,這是那部電影的主題曲。」

「哪部老電影?」對二十年前的葉晨而言是老電影的話,對我而言就是古董電影了吧。

「《第凡內早餐》,二〇二一年還流行嗎?」

「不流行,不過是人人都知道的經典。」

「那妳看過嗎?」

「所謂的經典就是,大家都知道,但不一定都看過。」我傻笑。

「好吧,因為才剛看過《第凡內早餐》,印象深刻,我才會一直聽或唱這首歌。」葉晨說,還是沒告訴我歌曲名稱。

「啊,我想去威秀影城看看,聽說以前沒有現在這麼繁華。」

「華納威秀嗎?現在也很繁華呀,原來二十年後還在!」

「二〇二一年改名威秀影城嘍,未來的信義區可是大不相同呢。」我向他說明未來那邊會有幾棟百貨公司、多少美食餐廳、多少名牌店家,還有夜店,「對了,一〇一大樓正在蓋了嗎?」

「是啊,蓋好以後,就是世界第一高的建築了。」葉晨驕傲地說。

「在二〇二一年早就不是了。」說完我大笑，「我們去看看吧，騎你那臺路邊的腳踏車。」

「很遠耶，坐公車吧。」

「騎腳踏車啦，反正我那麼輕！」我拉著他，他拗不過我，只得上了腳踏車，又哼起那首歌。

過了幾個彎道，他忽然說：「聽妳說未來的事，讓我覺得滿期待的，好像會越來越好一樣。」

「是呀，會越來越好的！」我抓著他的衣角大聲說。

「不過如果妳說的是真的，在越來越好的那二十年間，我會被困在空中花園，一個人度過大半的時光……」他的側臉帶著笑意，「聽起來，有點寂寞呢。」

心口一揪，我難受得彷彿又快吐了一般，我抓著他的衣角，遲遲說不出話。

✦

等我們再次回到學校，已經是晚上六點多了，天色昏暗，可是校門口依然有警衛，我們只能再翻牆進去。

也許是天黑了，又也許是等等就能見到魔幻月亮，或者是蹺課了一整天，抑或是基於其他眾多原因，總之，我們兩個像喝醉了一般，爲了小事不斷笑著。

在漆黑的學校裡偷偷摸摸潛行，期間我們還回了教室查看，發現我們兩個的書包都不在座位上，想必又被方譯平他們善意地收起來了。

「所以明早醒來，書包又會在我們的房間了嗎？」葉晨笑問，我也笑著點頭。

此時腳步聲傳來，我們轉過頭去，看見手電筒的燈光在樓梯間移動，葉晨立刻抓著我的手往前跑，但同時又得放輕腳步，我們忍不住緊張地竊笑起來。

就在我們拐過轉角時，手電筒的光也來到走廊，差一點點就被撞見了。這樣的千鈞一髮讓我們兩個笑出聲，又連忙摀住彼此的嘴巴，以免被發現。

「噓。」他的食指放在嘴唇前，在不算太深沉的夜色之中，笑著靠向我。

我的心跳好快，他的體溫好高。

隨後葉晨拉著我的手，轉進空中花園。

「Moon river, wider than a mile. I'm crossing you in style some day.」

又是這首歌。

此刻，我們躺在空中花園的地上，直接躺在冰涼的地面感覺眞是怪異，然而我不需要在意弄髒衣服，也不需要在意時間太晚，因爲明天又是重複的一天。

葉晨提了個有趣的問題，要是我們在這邊待到十二點的話，會怎麼樣呢？

或者我們都不睡覺的話，那明天還會來臨嗎？

於是，我們決定在這待到十二點。

「Oh, dream maker, you heart breaker. Wherever you're going, I'm going your way.」

「所以這首歌叫什麼？」我問。

「小然，妳的英文是不是不太好？」

「你怎麼不說是你發音不好？」我沒好氣地側過頭，瞧見了葉晨好看的側臉。

「我的發音很好啊，英文也很好，我昨天才聽過，今天就學會所有歌詞了。」

「一直重複同一天的話，那每天都學一點學一點，一定就都會啦。」我嘴硬，明知道葉晨才重複第一次而已。

「妳是因爲不會彈鋼琴，才不在音樂課時跟我合奏嗎？」

「對，鋼琴那種玩意是有錢人的專利。」

「妳那是偏見。」葉晨莞爾，「我就覺得奇怪，好勝的連俞津怎麼會錯過PK鋼琴的機會，原來妳根本就不是連俞津。」

「嗯哼。」

忽然，葉晨坐了起來，俯身看著我，「我來教妳彈鋼琴，就彈這首〈Moon River〉怎麼樣？這樣某天的音樂課時，我們就能四手聯彈了。」

這個提議很有趣，雖然我更在意的是，此刻葉晨靠得我太近了，再加上我是躺著，他是坐著，這距離、這位置，有點危險。

他似乎也意識到了不妥，乾咳了幾聲便躺回原先的位置。

我們安靜了片刻，我才說：「好啊，但等我眞的學會，就表示我們已經重複同一天很久很久了喔。」

「那也沒什麼不好。我們要善用時間，至少利用重複的每一天學會各種不擅長的事情。」

「你眞是樂觀正面。」我忍不住讚揚。

我們兩個繼續躺在地上，看著圓月高掛。

「是很大很圓，可是沒有妳說的那種魔幻感耶。」

「嗯，我也覺得，怎麼這麼奇怪。」

說時遲那時快，神奇的事情發生了。就在我眨眼的瞬間，天上的月亮倏地變成了數十倍大，幾乎占滿眼前的夜空，甚至令仰躺的我們產生了些許壓迫感。

「這就是妳說的魔幻月亮？」葉晨不敢相信自己的眼睛，他緩緩爬起身，伸出手妄想觸碰。

我也起身對葉晨說：「快許願呀。」

「要許什麼願望？」

「嗯，許願不要死？」我笑著說。

「那我希望我不要死。」葉晨的語氣超不誠懇。

「還有希望今天結束後，會是新的一天。」我也許願。

然而即使月亮和之前看到的一樣迷幻，我總覺得哪裡不太對勁。我說了好多願望，葉晨也亂七八糟地說了不少，這些願望真的都會實現嗎？實現願望有沒有什麼條件？有數量上限嗎？假如說想要能控制人心呢？

我瞥了旁邊的葉晨一眼，又看向天上的月亮。

我和他差了二十一歲，在二〇二一年，我十七歲時，他已經三十八歲。

那是個有孩子都不奇怪的年紀，而我甚至還沒考大學。

在這個瞬間，我忽然發覺，我能與十八歲的葉晨站在同一個地方，是一個奇蹟。

我不想和他分開。

月亮散發著燦爛銀光，靜靜閃耀。

第九章

我在劇烈的暈眩和嘔吐中醒來，這一次甚至吐出了血，乾嘔到感覺腦子、心臟、肺等一切器官都要從嘴裡嘔出。

珠姨的驚叫聲好遙遠，我的腦中嗡嗡作響，任何聲音都宛如從很遠很遠的地方傳來，眼前景象十分模糊，我好像花了很長的時間才意識到自己身在何處。

「小姐，小姐您還好吧？這是怎麼回事？」珠姨急得都要哭了，她看起來想去叫連俞津的父母過來，我無力地拉住她的手，感受到了自己的虛弱。

「珠姨，我沒事，千萬別找爸媽來，拜託。再讓我休息一下就好。」我瞥了一旁的黃色藥罐，希望珠姨沒有發現。

那種藥的副作用，與我所經歷的一切似乎相同，我不得不開始思考葉晨所說的話有幾分可能。

可是我有點累，讓我閉上眼睛吧。

結果等我再次醒來，第一節課已經開始了。我嚇了一跳，從床上彈起，房內只有我一個人，而遺書和藥罐都還放在原處。我鬆了一口氣，看來珠姨並未告訴連家父母。

「小姐！您醒了啊！」珠姨端著熱水盆進來，一副憂心忡忡的樣子，一見我醒了，她緊鎖的眉頭才鬆開。

「珠姨，謝謝妳還幫我換了衣服。」我從床上起身，「也謝謝妳沒有告訴爸媽。」

「小姐，我看見了您床頭櫃上的東西……」珠姨泫然欲泣，「您千萬不要這麼傻，堅持下去，先生和夫人的態度總會軟化的。」

沒想到珠姨會這麼說，連俞津生前若能聽到該有多好。

「但是如果他們不會改變呢？」我彷彿成爲了連俞津，問出了這句話。

「小姐，您會長大啊，您能夠爲了自己而活，千萬別爲了他人而死。」

聞言，我忍不住哭了起來。

這番救贖的話語對連俞津來說，早已太遲了。

等沈叔送我到學校時，已是第二節課，我急匆匆地走進教室，向英文老師道歉，並注意到了周逸婕擔憂又自責的神情，想必她以爲我是因爲她的告白而遲到吧。

接著，我看見葉晨的表情，頓時鬆了一口氣。

他還記得。

「妳怎麼了？」他低聲問我。

「我等等跟你說。」我拿出課本，並在下面夾了一張便條紙，迅速寫下每天都必須要做的事。

下課後，我先去找了周逸婕好好答覆她的告白，表明繼續當朋友。

第三節課上課，我和葉晨說起早上的狀況，他有些憤怒地回：「我就說了，這軀體正在慢慢死去。」

他爲什麼老是要講這麼恐怖的話。

「那遺書呢？」

我摸了一下百褶裙，「我放在口袋，希望無論連俞津何時被發現，都能被人找到這個。」

「妳還是決定要傷她爸媽的心了。」

我聳肩，「畢竟她爸媽也傷透了她的心。」

互相嘛。

我是個外人，不能用我自以爲的正義，去評斷連俞津付出生命也要抗議的事。

「我們昨天忘了查 BB.CALL 的那支電話是誰的。」葉晨突然想起。

「電話在這，你能趁下課去幫我打看看嗎？」

「我要怎麼樣才能套出是誰的家？」葉晨搔頭。

「最簡單的方法就是直接喊名字。」我咬著唇，我有幾個懷疑的對象，周逸婕、張偉宸、高若禎都有可能。

但周逸婕已經排除，剩下的就是張偉宸和高若禎了。

「你看要先找他們兩個之中的哪一個，他們是青梅竹馬，兩家人一定認識，我想你很聰明，會知道該怎麼套話的。」我對葉晨豎起拇指。

「是、是，謝謝讚美。」葉晨接下這麻煩的差事，「那妳要做什麼？」

「我錯過了早自習高若禎會來找我的時間，所以等等下課我要去找她。」

一下課，我原本要馬上出發，高若禎卻自己出現了。

她一見到我便泫然欲泣，這讓我有些驚訝。

「我們去外面說。」我走到教室前門帶高若禎離開，無視了周逸婕的複雜神情，並對葉晨使了眼色。

我們來到走廊尾端的露臺，高若禎的反應異常激動，她哭了起來並顫抖著，抓住了我的手臂，「妳早上沒來，我還以為……」

「妳不要緊張，慢慢說。」我把手輕輕覆在她的手背上。

「對不起、對不起，俞津，我真的沒有要欺騙妳，可我就是失去了勇氣，我只是……對不起……」她說的話我聽不懂，且這激烈的反應是之前都沒有的。

「沒關係，無論怎樣我都不會生妳的氣，妳慢慢說好嗎？」安撫她，對她溫柔，或許能得到更多情報。

「俞津，我確實也吃了，可是我太早吃，也吃不夠多，我覺得很不舒服，又很害怕，所以就停下了。請妳相信我，我的決心跟妳是一樣的，我也想和妳一起證明我們的愛情。」

聽到這裡，我總算理解了是怎麼回事。

連俞津的確殉情了，但不是和葉晨，而是和高若禎。

然而高若禎半途退縮，因此她才會一大早就來確認連俞津有沒有到校，正好我今天遲到了，她才會崩潰成這樣。

約好殉情，結果她卻放棄，於是有了罪惡感。

對此我非常生氣，連俞津可是真的死了。

「那種藥是哪來的？」我冷了聲音，高若禎嚇到，抓緊了我，我強忍著甩開的衝動。

「我之前說過了……」她輕輕搖晃我的手，「俞津，妳在生氣嗎？」

「我沒有生氣，妳能再說一次嗎？」

「我媽媽是精神科醫生，她一直跟我說喜歡女生是一種病，要我吃那種藥，她每次給我半顆，不過我都沒吃。後來我發現那種藥吃多了會死，所以我們才……俞津，我真的是想與妳在地下永遠在一起，但是那瞬間我好不舒服，我怕了，我想妳也會跟我一樣退縮……」

「張偉宸說連俞津想和妳在一起的決心不夠，爲妳抱不平，認爲連俞津配不上妳。」我抽出被高若禎握住的手，「他不曉得事實吧？是妳配不上連俞津，妳約她一起死，卻臨陣脫逃，是妳的決心不夠。」

「俞津，妳爲什麼這樣？我們不是都沒事嗎……」她又哭了起來，想過來拉我的手。

「我不需要妳此刻的眼淚。」連俞津也不需要，因爲她再也看不到了，她在黃泉路上永遠等不到該來的人。

我不理會高若禎的哭泣，即使明白張偉宸得知後多半會來找我麻煩，不過無所謂。反正明天就會重置，那今天怎麼樣又重要嗎？

只是連俞津永遠不會回來了。

✦

「妳已經很會彈了呢。」葉晨纖長的手指在琴鍵上彈奏了兩遍，我還是看不太懂，手指的動作跟不上心中的旋律。

「我還很笨拙。」

「比起一開始已經好很多了。」葉晨輕柔地說，「慢慢來，我們時間很多，我們會學會的。」

這一次，我們依舊在午休時翻牆出去。我們沒騎腳踏車，而是搭捷運，進站的閘口和二〇二一年的不同，是旋轉式的，對我來說非常新奇。

我們算好時間，來到阿娟姨所住的公寓樓下，打算用同樣的方式和她相遇。原本我只是要假裝不舒服，結果卻真的吐了，而且吐得比前一次還誇張，葉晨非常擔心，幾乎到了有些驚慌的地步，他甚至想叫救護車。

接下來大抵跟先前一樣，我告誡了小璋哥哥，之後我們來到提供琴房租借的音樂教室練琴。

我將高若禎的事告訴葉晨，葉晨則說了BB.CALL顯示的電話來自高若禎的家。44575453。

速速回機，我是若禎。

她大概是想阻止連俞津，可那只是消極的作爲，她大可以半夜跑去連俞津家阻止這一切。

我不知道她在想什麼，也許她認爲連俞津也不會眞的自殺？還是她怕來了會被責罵？她怕如果眞的發現連俞津怎麼了，會被怪罪？

畢竟若只是連俞津被發現死亡，那誰也不會料想到是高若禎和她約好了自殺，只會以爲連俞津是被父母逼死。

所以高若禎沒來的原因是什麼？顯然潛意識之中，高若禎最在乎的還是自己。

我無法對她和顏悅色，接下來重複的每一天，我和葉晨乾脆連學校也不去了，直接約在外面練琴，但每天仍不忘去警告小璋哥哥。

我的身體狀況越來越差，這樣重複的日子會有盡頭嗎？

我雖徬徨，卻並不害怕，我喜歡和葉晨在琴房相處的時光，喜歡和他一起合奏的時刻，喜歡他看著我的眼神，喜歡他的笑聲，喜歡他喊我「小然」時的模樣。

在這暫停的時間裡，只有我們的時間是流動的。

有一天，我在琴房暈倒了，直接到了隔天才醒來，我又在劇烈的嘔吐中痛苦地甦醒。

「小姐，您還好吧？」珠姨的驚呼成爲我每日所聽到的第一句話。

我安撫著她，隨後就要去沐浴，然而珠姨卻說：「小姐，您怎麼……忽然變得這麼瘦？」

「這，我在減肥……」我低聲回答。

脫下衣服，我清楚看見胸前肋骨的形狀，這讓我十分震驚。

「小姐，昨天的事情您不要往心裡去，只要堅持下去，您會長大，您會更有能力守護您想守護的一切。」珠姨抓住我的手，我再度感動不已。無論重來多少次，珠姨說出的話總是如此溫暖。

「謝謝妳，珠姨，能擁有妳，是連俞津這輩子最開心的事。」我用力抱緊珠姨，流下了眼淚。

「小姐，您怎麼了？」珠姨有些疑惑，不過依舊伸手回抱了我。

因爲沒胃口的關係，我梳洗完畢後就要出門，意外的是，這一次連媽媽竟站在門口附近。

「俞津，怎麼沒說妳有了男朋友呢？」連媽媽喜形於色，即便脂粉未施，她看起來也相當美麗。

我往門口一瞧，葉晨居然站在那裡。

「小然……」他低語，鬆了口氣。

我知道他擔心我，昨天暈倒過後，我張開眼就到了今天，所以他才會一大早就跑來吧。

但看到連媽媽那樣我就不太高興，於是我逕自走出家門，向沈叔道早，並請他開車載我們去學校。

「俞津，妳都不用跟媽媽說什麼嗎？」連媽媽在門口喊，眼神帶著責備。

我的手隔著口袋壓了下裡頭的遺書，深吸一口氣後，對連媽媽說：「媽，我永遠都會喜歡女生，永遠都會是那個讓妳感到丟臉的女兒。」

連媽媽先是一愣，接著怒火中燒大喊：「妳！」

我上了轎車後座，迅速關起門，「開車，沈叔。」

沈叔略顯尷尬，可還是對連媽媽說了句上學快遲到了，便發動車子。

「沈叔，剛才謝謝你。」我對他說。

「小姐，有什麼事情請好好地跟夫人談，母女之間沒有什麼不能談的。」

「正因爲是母女，才有很多話不能講。」我注視著沈叔，輕聲說：「沈叔，謝謝你這段時間對連俞津的照料。」

「小姐，您怎麼這麼說話呢？這些都是我該做的。」沈叔溫柔地笑。

一路上，葉晨不發一語，只是靜靜望著車窗外。

到了學校，我主動和周逸婕問早，並且拉著她的手來到走廊尾端的露臺，而這一幕被正巧前來的高若禎看見。

「俞津！」她喊了我的名字，雙眼緊盯我拉著周逸婕的手。

「妳不用誤會，也不用找尋我的錯誤來減少妳的罪惡感，更不用再跟張偉宸抱怨，要他幫妳收拾善後，別叫他來找我理論。」我一字一句說得清楚，「我知道妳退縮了，從此我們兩不相欠。」

高若禎臉色一凜，帶著怒氣含淚轉身離去。

妳不必生氣，也沒資格生氣，這已經是我最仁慈的對待，眞正的連俞津早就死了，她永遠不存在了，就只因妳的死亡邀約。我在心裡對高若禎說。

「俞津，妳們吵架了？」周逸婕有點擔心，「難道是因爲我的告白……」

「不是，不是妳的問題，逸婕，謝謝妳喜歡我，我真的非常高興，可是我不能接受妳。」我的雙手放到了周逸婕肩上，「眞正的連俞津死了，我並不是連俞津。」

「妳在說什麼？」周逸婕慌了，「妳不惜說這種謊，也要推開我嗎？妳大可以說實話……」

「我說的是實話，我不想騙妳。」我握住周逸婕的手，「如果妳眞的一直注視著連俞津，請妳仔細觀察我，就能發現我不是連俞津。」

說完，我轉身往教室的方向走。

「那妳是誰？」周逸婕在我身後大喊。

「我是白于然。」我回應，並未停下腳步。

我大可以用第一次拒絕周逸婕的方式來面對她，但是我想，就如葉晨所說的，我們誰都沒有資格代替連俞津回應她的告白，畢竟若是連俞津沒死，得知高若禎背叛的行爲，她會不會死心轉向周逸婕？

我不清楚連俞津眞實的想法，所以我不該替她決定。

上完鄧淮之的課後，葉晨表示有話和我說，於是我們來到空中花園並蹺掉了第二節課。

他顯得悶悶不樂，看起來心事重重，「妳吐血了，妳知道嗎？」

我沒有說話。

「妳知道妳昨天發生了什麼事嗎？我甚至把妳送去醫院了。醫生說妳的身體中毒得很嚴重，根本不可能還活著，妳的心跳非常微弱，連俞津的爸媽都跑來醫院了，妳曉得他們發現遺書了嗎？」葉晨說得激動，眼眶發紅，「妳昨天差點就死了，不是連俞津，是妳。要是連俞津的身體死了，妳的靈魂還能活著嗎？」

「沒有那麼嚴……咳咳！」說著，我驀地劇烈咳嗽，咳到整個人跪坐在地，葉晨趕緊過來扶我，讓我坐到長椅上。

「今天可能就是最後一天了，小然。」葉晨咬著下唇，「我們重複同一天有多久了？三個禮拜？一個月？還是快兩個月？妳都已經會彈〈Moon River〉了，妳覺得多久了？」

「不是，我覺得不是……」話還沒說完，我又開始咳，明明剛才都沒事的，怎麼現在會忽然這麼嚴重？

「連俞津多久沒出現在妳夢中了？她在時間重複第幾次的時候就離開了？妳現在還認爲那眞的是夢？那是眞正的連俞津，她在警告妳！」

「葉晨，你不要……說不定連俞津的身體死去的時候，我的靈魂就會回去未來啊。」

葉晨用力搖頭，「我知道怎麼離開這暫停的一天了。」

我一驚，抓緊他的手臂，「怎麼做？」

然而他只是看著我的手腕，眉頭深鎖，「妳看妳變得多瘦！」

「你不要這麼大聲跟我說話。」我嘟起嘴，「我們得完成今天要做的事，去找小璋哥哥，還有去彈鋼琴。」

葉晨猛然反抓住我的手，「要彈，現在就可以彈。」

「你……欸！」我大喊，就這樣被他一路拉進了音樂教室，此刻教室裡有其他班級在上課，崔老師滿臉驚訝看著我們，而葉晨直接走到鋼琴前，拉開椅子，並要我一起坐下。

「我們要彈〈Moon River〉。」

「葉晨，俞津，你們不用上課嗎？等下午你們的課時再彈……」無視崔老師的話，葉晨逕自彈下了第一個音。

雖然突如其來，同學們仍因爲這臨時的插曲而興奮地鼓譟，大家拍著手，崔老師見狀也只能讓我們彈了。

葉晨用眼神對我示意，於是我也把手放上了黑白琴鍵。在日光燈的照射下，我的手腕確實顯得蒼白又瘦弱，葉晨見狀更是蹙緊了眉頭，讓我忍不住想遮掩自己的手。

「彈奏。」葉晨低聲說。

我咬著唇，跟著他演奏起來。

琴聲無比輕柔，宛如微風撫過青草一般，我想起這首曲子的歌詞。

Moon river, wider than a mile
（月亮河，寬度超過了一英里）
I’m crossing you in style some day
（總有一天，我會優雅地渡過你）
Oh, dream maker, you heart breaker
（噢，你讓我做夢，也讓我心碎）
Wherever you’re going, I’m going your way
（無論你淌流至何方，我都必然追隨你）

旋律悠揚卻盪氣迴腸，我的眼眶漸漸蓄滿淚水。

Two drifters, off to see the world
（我們兩個飄泊的人，一起去看看這個世界吧）

There's such a lot of world to see

（這遼闊的世界還有許多事物等待我們去發掘）

We're after the same rainbow's end, waiting round the bend

（我們共同追逐著彩虹的盡頭，並相約在那河流彎彎處等待彼此）

My huckleberry friend, Moon River, and me

（那裡有我親愛的朋友，月亮河畔，還有我）

（〈Moon River〉詞：Johnny Mercer／曲：Henry Mancini）

最後一個音落下，我這才驚覺，這首歌的歌詞與此刻的我們竟是如此契合，月亮河。

我掉下眼淚，葉晨輕撫著我的背，四周響起熱烈掌聲。

「你們兩個彈得眞好。」崔老師十分驚喜，也跟著拍手，「下午的時候再彈一次吧。」

我們僅僅給了她一個微笑，便離開教室。

「你們快點回去上課啊。」崔老師從教室前門探出頭，而葉晨握住我的手。

「知道了，老師。」他回頭對崔老師說，拉著我往樓梯的方向跑。

「妳身上有多少錢？」

「幾百塊。」

「我也只有幾百。」葉晨說著，走到了圍牆邊。我的體重已經非常輕，他只需要把手放在我的腰際，並將我往上抬，我便能輕鬆地翻過去。

當我落地時，差點重心不穩地往旁邊跌倒，葉晨迅速翻過牆來到我身邊，「還好嗎？」

他把我當作病人，這讓我有點不開心，雖然我此刻確實就像病人一樣，我也明白我的身體狀況大不如前，可是……我的內心總有揮之不去的不安感。

我喜歡現在這樣，一直重複著同一天也沒什麼不好啊！

「我們把錢拿去吃一頓好吃的吧，吃我們這個年紀吃不起的。」葉晨扯出難看的微笑，拉著我的手微微顫抖。

「好啊，現在的物價應該很低吧。」我也笑起來，想必這個微笑跟葉晨一樣難看。

我們吃了牛排，但用餐期間我一直忍不住反胃，差點要吐出來。

最後，我那塊牛排大半都是葉晨吃掉了。

他再次牽起我的手，往外頭的公園走去，我們就只是坐在那裡，靜靜地晒著太陽。等時間差不多了以後，再去警告小璋哥哥，無論看幾次，他那害怕到哭的樣子都很經典。

接著，葉晨提議去國家圖書館，這讓我非常疑惑。怎麼會想去那裡？

「我想查查有關月亮的傳說。」葉晨說，「爲什麼向月亮許願能夠回到過去？」

我倒是從來沒想過要這麼做，於是我們前往國家圖書館，就連在二〇二一年時，我都沒造訪過這裡。

世界各國都有關於月亮的傳說，無論是瑪雅還是阿茲特克抑或是希臘文化，還是我們最熟悉的日本以及中國，都有和月神相關的記載，然而無論是怎樣的傳說，都並未提及向月亮許願就能回到過去。

「如果圖書館查得到的話，這樣大家都可以隨意許願了。」說完，我笑了出來，「來這邊讓我覺得自己好像妙麗，有問題就來圖書館查。」

「《哈利波特》對吧，我們終於有個共同的記憶了。」葉晨跟著笑了。

即使我們在圖書館沒得到什麼實質收穫，至少找到了相同的成長記憶。

這一整天，我忐忑不安，蹺掉所有課的我們返回校園，躲過了警衛的巡邏路線，再次踏入空中花園。

葉晨跳上長椅，雙臂平舉在那來回走著，這模樣跟我曾經見到的他一樣。

夜幕低垂，我內心的不安逐漸擴大，站在原地靜靜地看著他。他又輕輕哼唱起

〈Moon River〉，接著，他跳下來拉起我的手，邀請我一同來到長椅上。

我們在月色下共舞，銀白月光灑落，令他的臉龐看起來多了幾分神祕。我跟著哼起歌，他牽引著我的手舉高，讓我原地轉了個圈，隨後倒進他懷中，就像老電影裡的經典橋段。

我們相視而笑，彼此的距離瞬間拉近不少。忽然，葉晨深深凝望著我，宛如看進了我的靈魂，直視著白于然這個人。

他靠過來，一切是如此自然，彷彿早該發生。

我閉上眼睛，可是他的臉與唇在我面前不到一公分處停下，然後他閉起雙眼，轉而低頭靠在我的肩上。

「這不是妳的身體。」他低聲說，我臉上一燙，站直了身子，往後退了一步。

葉晨跳下長椅，在前方來回走著，頓時，天上的圓月變了，轉換成魔幻的巨大月亮，銀光猶如流動著一般，圍繞在大得離奇的月亮周圍。葉晨抬頭望去，微風吹過，這一瞬間美如圖畫，時間像暫停了似的。

「我昨天眞的以爲妳就要死了，到了晚上十二點，妳都還待在加護病房。結果在眨眼的瞬間，我回到了我的床上，妳知道我有多驚慌嗎？這是新的一天，或是重複的一天？如果是新的一天，那妳死了嗎？如果是重複的一天，那妳今天會死嗎？」葉晨跳到另一張長椅上，張開雙臂走著。

「我這些日子一直在想，月亮不可能讓妳回到過去，卻始終停留在同一天，而在妳所說的未來，我幾乎成了月亮的代言者，讓許多人回到過去改變人生。」他轉過身看著我，「假設那一切都是應該發生的必然，那要如何讓暫停的時間重新前進，妳認為解答是什麼？」

「葉晨……」我用力搖頭，我知道他的答案，因為這些日子來，我似乎也找到了答案，「葉晨！這不是唯一的選擇！我怎麼樣都沒有關係！」

我對他大吼，卻再次感受到強烈的暈眩，彷彿就要撐不下去了。

「這樣太不公平了。」他作勢要跳到另一張長椅上，但我驚呼，於是他停下動作，「已經發生的事情不會改變。」

「可以改變的！你不就改變了許多人的過去嗎？」所以不要這麼想，不要讓那件原本會發生的事真的發生。

葉晨只是聳肩一笑，我想再多說什麼，胸口卻疼得難受。我用力咳了好幾下，同時跪了下來。

「妳沒事吧！」葉晨似乎想跳下長椅朝我奔來，不過又停在原處。

他注視著我，眼中流露出許多無奈，「妳很不舒服。」

我還來不及聽清楚他說了什麼，又咳了好幾聲，這次連血都咳了出來，真是太誇張了。

他轉過身背對著我，抬頭看向空中的月亮，那色澤銀白中帶點暗紅，偶爾又轉爲青藍，從我的角度看去，巨大的滿月就襯在他身後，令他整個人彷彿要被吞噬一樣。

爲什麼是他？

「葉晨……」我再次喚他，然而他沒有回頭。

「我不想要妳死，二〇〇一年，葉晨跳樓，連俞津死在空中花園。連俞津死了，葉晨死了，但白于然在二〇二一年還活著。」

純白的制服上衣在風中飄動，一如我初次見到他時那樣。

「想結束暫停的二〇〇一年五月七日，就是妳所說的都要成真。」

「葉晨，你要是跳下去，接下來二十年你都要一個人在這……」

「我們二〇二一年是怎麼相遇的呢？」葉晨回頭，表情帶著對未來的嚮往，「不，妳還是別跟我說的好，我想當成一個驚喜，至少未來，我有一件事情是不曉得的……讓我有件事可以期待。」

「我會……」我想告訴他，我在未來會用趙勻寓這個名字欺騙他，我會忽然在某天看得見他。

可是葉晨制止了我，「我將不主動提起妳，也不會請那些看得見我的人尋找妳，我想知道，當我見到眞正的妳時，我能認得出妳嗎？」

他露出一抹淺笑，轉過身張開雙手，就像要展翅飛向月球。

「白于然，我們二〇二一年再見。」

他最後的表情是什麼，我並不知道，在他縱身一跳的瞬間，我就暈了過去。

像是死了一般。

尾聲

「不要——」

我尖叫，從床上彈了起來。

「嚇死人喔！」正在整理行李的媽媽大大抖了一下。

「怎麼了怎麼了？」滿臉泡沫的爸爸拿著刮鬍刀從浴室衝出。

「我回來了……我回來了！」我驚呼，抓住自己的長髮，摸上自己的胸部，我回到自己的身體裡了。

下一秒我又大叫出聲，趴在床上哭泣。我忘不了葉晨墜下的那個畫面，最終我什麼都無法改變嗎？我回到過去不是爲了阻止葉晨死亡，而是爲了促成他的死亡？

不，不……爲什麼……

「于然，妳怎麼了？不要嚇媽媽。」媽媽趕緊跑過來坐在床邊安慰我，爸爸則一臉困惑。

「爲什麼，怎麼會這樣，我不是……嗚嗚……」我哭個不停，此時門鈴響了，爸爸匆匆拿毛巾擦了臉，跑去開門。

「你們準備好了嗎？差不多要出發了。」陌生的男人聲音傳來，即便此刻傷心欲絕，我還是隱約覺得不對勁。

我是和爸媽一起來這間民宿的，怎麼會有人來問準備好了沒？

「于然在哭？怎麼回事，昨天玩得不開心嗎？還是做噩夢了？」對方的聲音有些緊張。

「怎麼了？小然在哭嗎？」另一個女人的聲音出現，這次是我熟悉的阿娟姨，她探頭進來。

阿娟姨比我記憶中還要年輕，氣色好多了，我頓時一愣。我們怎麼會和阿娟姨一起來這？

「哎呀，是不是做噩夢了？」

「我就說這民宿不太乾淨，我昨天也夢見小時候的陰影。」又一道嗓音傳來，我從床上爬起，看向了門口。

是阿娟姨的老公，還有一個年輕的男人。

「你夢見什麼？」我爸詢問。

「我夢見小時候有個神經病女高中生恐嚇我的往事，眞的要嚇死。」約莫三十歲的年輕男人這麼說。

「小璋哥哥？」我愣愣地出聲，「你沒有……沒有……」沒有成爲植物人？

「好了，不要亂講話，那你們慢慢來，我們先去大廳等。」阿娟姨推著她老公和兒子離開我們的房間，而我呆呆地坐回床上。

小璋哥哥沒有酒後騎車出事而成為植物人，我改變了他們的未來！

那葉晨呢？

我立刻拿起床頭櫃上的手機，上網搜尋葉晨和連俞津的事，無奈跟之前一樣，什麼資訊都沒有。

「爸、媽，我有急事，我要回臺北！」說完，我拿起手機和錢包，並穿上外套直接離開。

「等一下，于然，等一下！」爸媽在後面喊，但現在可不是悠閒玩樂的時候。

我在跑過大廳時遇見了小璋哥哥，他正站在門邊講電話。

「小璋哥哥，你做得很好，躲過了臥病在床的命運！」我忍不住讚揚他，小璋哥哥瞬間臉色刷白。

「妳不要嚇我，怎麼會講出跟那個神經病女高中生差不多的話？」

我是真的為小璋哥哥感到高興，不過他似乎很害怕。

「妳知道我這輩子都不敢騎機車嗎？」他在我後面大吼。

「直接晉升成開車也不錯呀。」我跳上計程車，降下車窗對他喊，順便揮手。

我的心臟跳得飛快，要是小璋哥哥的未來改變了，那葉晨呢？他的命運是不是也能改變？

然而內心的不安並沒有消失，我緊抓著手，無法平復心情。

來到高鐵站，我刷了悠遊卡搭車回臺北，又轉乘捷運前往當年葉晨的家。

二十年後的現在，葉晨家附近繁華無比，飲料店和小吃餐廳眾多，好在他家住的那棟華廈還在，沒有都更之類的。

只是問題來了，我不知道葉晨住在幾樓。

想了想，我直接跑到一樓的警衛室詢問，結果年輕的警衛搞不清楚狀況，只說了這邊沒有叫葉晨的人。

手機不斷響著，還有好幾則訊息，都是來自爸媽，我接起電話後劈頭就說：「我現在很忙！」隨即掛斷。

結果傳來的訊息變成：「敢掛我電話，妳回去就死定了！」

我內心本來還想著，反正明天就又會重置，今天怎樣也無所謂……喔不，現在已經不會重置了。

「怎麼回事啊？」另一個老警衛從後方的休息室出來，而我正拿著手機輸入訊息要向爸媽道歉，這可是攸關生死。

「請問有沒有一位叫葉晨的人住在這裡？二十年前，就讀……」我告訴老警衛葉晨的外型還有高中制服的樣式，老警衛先是瞇眼，隨後恍然大悟。

「啊，葉家的獨生子，我記得我記得。」老警衛說，「自從兒子出意外後，他們就搬家了。」

我心一沉，宛如被澆了一桶冷水。小璋哥哥的命運是改變了，但葉晨並沒有。

「他、他發生了什麼事情……他……」我顫抖著唇，才剛燃起希望又被推入深淵。

「似乎是在學校發生意外，失足墜樓。」老警衛搖著頭惋惜，「可惜了那孩子啊。」

一模一樣，一模一樣。

我忍不住哭了起來，摀住自己的嘴。

怎麼會這樣子，葉晨爲什麼……

步履蹣跚地離開華廈，我心想，我和葉晨的緣分眞的就到這了嗎？是我害死了他。

至少，至少我也得去他的墳前上香才行。

於是我打了電話給李凌，我慶幸當時自己有背下她家的電話，只能祈禱這二十年來她都沒搬家了。

很快的，對方接起，恰巧就是李凌本人。我驚喜地問：「李凌，我想問葉晨的墓在哪，我想去上香。」

對方先是一愣，「妳是誰？講這什麼話啊？」

「什麼？我是連俞津，不對，我是……」我是誰？李凌根本不認識我啊！

「妳不要開這種惡劣的玩笑！」說完，她掛斷電話。

我眞是笨蛋，不夠深思熟慮，劈頭就這麼說根本問不出來。

我深吸一口氣，轉而打周逸婕的電話，這一次我得想好說詞才行。

値得慶幸的是，周逸婕家的電話也沒換，只是她已經不住家裡。我要到了她的手機，撥出後很快被接起。

「周逸婕，我是……」我停頓了一下，「謝謝妳喜歡我，我眞的非常高興，可是我不能接受妳。眞正的連俞津死了，我並不是連俞津。」

「妳是誰？妳在開什麼玩笑？」周逸婕在電話那頭嚴肅地問。

「如果妳眞的一直注視著連俞津，請妳仔細觀察我，就能發現我不是連俞津。」我哭了起來，「周逸婕，請告訴我葉晨的墓在哪。」

「妳到底是誰？怎麼會知道連俞津跟我說過的這些話？」周逸婕慌了。

「我是連俞津啊，我是當初的連俞津，但我又不是連俞津，我一定會跟妳解釋的，這是我的手機，我叫白于然。」

周逸婕在電話那頭倒抽一口氣。

「拜託，我眞的會解釋，請妳先告訴我葉晨的墓……」

她停頓了很久，久到我以爲她掛了電話，而後她才說：「我不能告訴妳葉晨的墓在哪。」

「拜託！我……」

「因爲葉晨並沒有死，當年只有連俞津死了。」

我瞪大眼睛，瞬間停止了哭泣，「葉晨沒有死？」

「對，他是墜樓了沒錯，不過倒在花圃上，從二十年前昏迷至今。」周逸婕在電話那頭哽咽了嗓音，「沒死，卻也像是死了。」

接著，她說出了令我震驚的醫院名稱，在原先的時空，小璋哥哥就是在那間醫院。

才剛搭高鐵回來臺北，現在又得再離開？

我思索著自己荷包的深度，最終還是決定馬上過去，這是我這輩子做過第二瘋狂的行爲，第一瘋狂的是回到過去，且兩次都是爲了同一個男人。

這次我學聰明了，我先查詢了醫院的電話，去電詢問是否有葉晨這位病人，結果院方僅是回：「個人隱私不便回答。」

聽到這樣的答案，我明白這表示葉晨眞的在那，於是我在一小時後抵達醫院的所在地，並搭乘計程車前往醫院。短短幾個小時，我就花光了兩個月的零用錢。

我喘著氣，沒想到自己會再次來到這間醫院。

走進相同的病房，我的內心忐忑不安。我是改變了葉晨的命運嗎？他從原本會死亡變成了昏迷，是這樣嗎？

可是當我拉開那道布簾時，只覺得晴天霹靂，頓時明白自己什麼也改變不了。

「妳是……」葉晨的媽媽拿著熱水壺，而我聲淚俱下。

我並未改變葉晨的命運，曾經在小璋哥哥隔壁病床的人就是葉晨，而我在之前的時空見過隔壁床的病患家屬，原來那正是他的媽媽。

事實上，從沒有人說過葉晨死了，就連崔老師都說是意外，所以這件事情才能被壓下來，因爲死亡的只有連俞津。

我跪在病床邊大哭，久久無法自已。

✦

「吳俞凡，我欠你一個道歉。

我當時確實很喜歡你，可是不知道爲什麼，當我好像不得不跟你在一起時，我就退縮了。

對不起，眞的很對不起，無論再多的道歉都沒有意義，但我認爲我還是該給你一個解釋。

或許，我就是一個只會逃避的人。」

我傳了訊息給吳俞凡，他很快就讀取，卻沒有回應。

我也考慮過是否向程聿璐道歉，最後還是作罷了。

不過我主動去找了林可筑，將一切都向她說明。

「我真的不能理解。」林可筑耐心聽完我的自白，依舊顯得難以接受，「但謝謝妳告訴我，我需要一點時間。」

不管這段友情是否還能夠走下去，都是我該承受的。

之後，我每個禮拜都會前往那家醫院，爸媽不懂我爲什麼會突然對一個素昧平生的人這麼上心，我嘗試告訴他們那段奇幻的經歷，想當然耳，他們根本不信，甚至還想叫我去看身心科。

在那張拍下魔幻月亮的照片裡，出現的也只是普通的滿月。

這一切太過不可思議，沒人聽信我的說法也正常，可是小璋哥哥相信了。他答應爸媽，每個禮拜都會陪我來這間醫院。

「妳救了我。」聽他這麼說，我渾身起了雞皮疙瘩，感受到了所謂的因果。

而阿娟姨對我如此痴痴守候感到惋惜，她說不該將一生奉獻給不曉得會不會醒來、年齡還差了這麼多的人。

因此，我理解了之前的自己，也理解了阿娟姨。當病床上躺著的不是自己重視的人時，誰都能說出「讓病人解脫才是最好的」這種話。然而一旦立場對調，大多數的人都會選擇相信奇蹟。

我擦拭著葉晨的手指，即便躺在床上二十年了，削瘦的他依舊有著十八歲時的神韻。

葉晨的媽媽自然不明白怎麼會有個陌生女孩常常跑來，葉晨發生意外的時候，我甚至還沒出生。

可是當她得知我的名字後，那恍然大悟的模樣看得我十分疑惑，她哭了起來，抱住了我。

每個月，我都會向月亮許願，希望葉晨能夠醒來。

一個人能夠向月亮許願幾次呢？

第一次，我想再見到葉晨，月亮便送我到了二〇〇一年。

第二次，我在暫停的那天感到孤寂，希望至少葉晨能記得我，於是月亮讓葉晨與我一起重複經歷著同一天。

那現在呢？

葉晨等了我二十年，他是爲了救我才會躺在這裡。

就算要花上比二十年更長的時間等待，我也願意。

我相信這一切不是毫無意義，葉晨本來就不該死，那天在空中花園得知我的眞名並消失之後，他的任務就已經結束了。

所以，他一定就快要醒了。

月亮呀，不要當作這是我的第三個願望，或許這是你欠葉晨的唯一一個願望。

「拜託，讓葉晨快點醒來吧。」

這一生，我都會抱著這樣的希翼，一直等待下去。

（全文完）

後記　等待一個奇蹟

月亮奇蹟系列終於完結啦！在此下臺一鞠躬，好開心好感動嗚嗚嗚。

妳們喜歡葉晨的故事嗎？這不是虐戀吧！

我記得寫完《今天月亮暫時停止轉動》時，剛好收到一位小米莎的訊息說：「希望可以看到年齡差距很大的戀愛。」

哈哈哈這本就是啦，差了二十歲，三十八歲和十七歲！不過是不是感覺有些微妙？因為兩個人相處的時光幾乎都在高中的年紀，所以明明是年齡差的戀愛，又好像不太一樣。

這邊小小插播，故事裡頭提到的電影《今天暫時停止》，是我學生時代老師在課堂上播放給我們看過的，沒看過的人推薦可以去看看喔。

好，話題回到葉晨身上。終於寫到了他的故事，也揭曉了他在空中花園徘徊二十年的緣由。如果是你們，會願意這樣嗎？

二十年是多長的時光，只有自己一個人度過白天與黑夜，即便周遭隨時都有學生來來往往，可是沒有一個人能夠看見你、與你對話，就連偶爾出現的那些穿越者，也都只是短暫的緣分。

有時候我們光是一整天沒說話，就感覺被全世界拋棄了，葉晨的心靈得要多堅強，他對白于然的愛得要多深刻，才能靠著想再見她一面的決心撐過這段孤寂的時光？才能願意付出生命？

愛很偉大，但有多偉大呢？

獻出生命就是偉大嗎？

那白于然呢？爲了葉晨，她即使返回了現代，也義無反顧地決定等待，只爲了一個奇蹟。

我很喜歡月亮，自從小時候聽過手指著月亮就會被割耳朵這個傳說後，就覺得月亮帶有奇幻的色彩。無論是在童話故事還是電影、漫畫裡，月亮總是有著各種隱喻，月光可以令一切顯得神祕、恐怖、浪漫。

所以，我很常把月亮的元素加到我的故事之中，這一次更是直接讓月亮與回到過去連結起來，使一切變得更加魔幻。

閉上眼睛，彷彿就能看見在我想像中的月朗星稀下，有個男孩在長椅上跳躍著，而天空中的月亮大得不可思議，銀色星芒流動，如河流一般乘載著所有悲傷，帶往其他地方。

與此同時，我想起了〈Moon River〉這首歌，歌詞的情境居然如此契合劇情，於是便引用了。

無論是《聽月亮在你心裡唱歌》還是《今天月亮暫時停止轉動》，主角們回到過去所在的那個年代，就是我自己的學生時代。對我來說，當年的一些日常似乎都還像昨天的事一樣。

二十年很長，也很短，有時我會在夢裡回到國中的教室裡，看見學生時期的同學們，但夢中的我清楚地知道自己已經不是學生了，只是一切都那麼眞實、如此令人懷念。

張開眼睛，那些曾經每天見面的同學，如今都失去了聯絡，即便有臉書、IG，我們也都不是學生時代的模樣了，就算再次齊聚一堂，也不可能回到過去。

在眞實的人生中是無法回到過去的，我們每天都在前進。

因此能夠撰寫描述回到過去的月亮奇蹟系列，某方面對我來說也是一種奇蹟呢。

關於葉晨的決定，如果換成是你們遇到同樣的情境，會怎麼做呢？

如果換成處在白于然的立場呢？

我讓故事停在這裡，假設葉晨有朝一日睜開了雙眼，相差二十歲的他們能延續這份感情嗎？還是會各自走向屬於自己的年紀該有的人生？這就留待大家想像了。

若愛是不分性別、年齡的，那他們曾一起度過的那段奇幻時光，就已經足夠成爲這段愛情最堅定的基礎。

無論如何，愛都會延續下去，只是愛可以有多種形式，所以愛很簡單，也很複雜，很渺小，卻又偉大。

希望大家能透過月亮奇蹟系列得到一絲療癒，可以正視自己的人生，即使有著遺憾，我們也只能往前邁進。

而假如有一天，你也有幸得到月亮的垂憐，那麼祝福你能夠改變過去，過得開心。

只要在月圓時向月亮許願，一定就能夠實現。

Misa

國家圖書館出版品預行編目資料

今天月亮暫時停止轉動／Misa著. -- 初版. -- 臺北市；城邦原創股份有限公司出版：英屬蓋曼群島商家庭傳媒股份有限公司城邦分公司發行, 2021.05
面； 公分

ISBN 978-986-06165-6-9（平裝）

863.57　　110006974

今天月亮暫時停止轉動

作　　者／Misa
企畫選書／楊馥蔓
責任編輯／陳思涵

行銷業務／林政杰
總 編 輯／楊馥蔓
總 經 理／伍文翠
發 行 人／何飛鵬
法律顧問／元禾法律事務所　王子文律師
出　　版／城邦原創股份有限公司
台北市中山區民生東路二段 141 號 6 樓
電話：(02) 2509-5506　傳真：(02) 2500-1933
E-mail：service@popo.tw
發　　行／英屬蓋曼群島商家庭傳媒股份有限公司城邦分公司
聯絡地址：台北市中山區民生東路二段 141 號 6 樓
書虫客服服務專線：(02) 25007718・(02) 25007719
24小時傳眞服務：(02) 25001990・(02) 25001991
服務時間：週一至週五09:30-12:00・13:30-17:00
郵撥帳號：19863813　戶名：書虫股份有限公司
讀者服務信箱 email：service@readingclub.com.tw
城邦讀書花園網址：www.cite.com.tw
香港發行所／城邦（香港）出版集團有限公司
地址：香港灣仔駱克道 193 號東超商業中心 1 樓
email：hkcite@biznetvigator.com
電話：(852)25086231　傳眞：(852) 25789337
馬新發行所／城邦（馬新）出版集團 Cité(M)Sdn. Bhd.
41, Jalan Radin Anum, Bandar Baru Sri Petaling,
57000 Kuala Lumpur, Malaysia.
電話：(603) 90563833　傳眞：(603) 90576622
email:services@cite.my

封面設計／Gincy
印　　刷／漾格科技股份有限公司
電腦排版／陳瑜安
經 銷 商／聯合發行股份有限公司
客服專線：(02)2917-8022　傳眞：(02)2911-0053

■ 2021 年 5 月初版
■ 2023 年 1 月初版 6 刷
Printed in Taiwan

定價／270元

ISBN　978-986-06165-6-9

POPO城邦原創 www.popo.tw　城邦讀書花園 www.cite.com.tw